当你去了该去的地方，做了该做的事情，看了该看的风景时，你用以写作的器具将变得迟钝，失去锋利。

但我宁愿让它折弯、变钝，好明白我必须重新锻炼、敲打、磨利它，好明白自己还有东西可写，也不愿让它明亮动人却无话可说，或是光滑油亮地被锁在橱柜里，无用武之地。

——海明威

一 个 短 篇

就 是 一 个 世 界

一个

干净明亮的地方

〔美〕 欧内斯特·海明威 著

陈夏民 译

湖南文艺出版社　博集天卷

目录

印第安人的营地

又一艘小船被拉上湖岸。两个印第安人伫候着。

尼克和父亲登上船艄，两个印第安人推船入水，其中一个登船划桨。乔治叔叔坐在营地小船的船艄上，年轻的印第安人把营地小船推下水后，便跳上去帮乔治叔叔划船。

两艘船在黑暗中航行。尼克听见另一艘船自前方迷雾里传来桨架的声响。印第安人一桨又一桨地快速划动。尼克躺进父亲的环抱。水面寒凉。为他们划船的印第安人相当卖力，但另一艘船始终航行在前方雾里，遥遥领先。

"爸，我们要去哪儿？"尼克问。

"要去印第安人的营地。有个印第安妇女病得很重。"

"噢。"尼克说。

越过湖，他们发现另一艘船已经靠岸。乔治叔叔在黑暗里抽着雪茄。年轻的印第安人将船拖上沙滩。乔治叔叔将雪茄分给那两个印第安人。

他们从沙滩往上走，越过一片露水湿重的草原，一路紧跟着提灯笼的年轻印第安人。他们接着走进森林，沿小径前行，小径尽头是通往山丘后头的运木道路。由于两旁的树木都已被砍光，运木道路上的光线充足了许多。年轻的印第安人停下脚步，吹熄灯笼，一群人继续沿道路前进。

他们走过转角，忽然一只狗冲出来直吠。前方，剥树皮的印第安工人所居住的简陋木屋透出灯光。越来越多的狗朝他们冲过来。两个印第安人把狗儿们都赶回木屋。最靠近路面的那座木屋有光线透出窗外。一个老妇人手持油灯伫立门边。

木床上躺着一个年轻的印第安妇女。她努力了两天还是无法产下小孩。营地里的老妇人们都前来协助。男人们则是躲得远远的，到路旁暗处抽烟，避免听见女人的号哭。尼克与两个印第安人，随着父亲和乔治叔叔走进木屋时，女人仍在喊叫。她躺在下铺，大肚子上盖着棉被。她的头歪向一边。女人的丈夫待在上铺。三天前，他不小心让斧头砍伤了脚，伤势相当严重。他抽着烟斗。房间弥漫着恶臭。

尼克的父亲叫人在炉子上烧点儿开水，等待水滚的时候，他和尼克聊着。

"尼克，这位女士要生产了。"他说。

"我知道。"尼克回答。

"你才不知道。"他的父亲说，"听好。她现在正经历分娩的过程。小宝宝想要出来，她也想要让他出生。她全身的肌肉都在为了将宝宝生下来而努力。这就是她会喊叫的原因。"

"我懂了。"尼克说。

此时女人又再放声哭喊。

"噢，爸爸，难道不能给她点儿什么，让她别再喊叫吗?"

"没办法。我没带麻醉剂。"他的父亲说，"但她的叫声不重要。不重要所以我听不到。"

上铺的丈夫面对墙壁蜷起身。

厨房里的女人告诉医生，水已经热了。尼克的父亲走进厨房将半壶热水倒进脸盆。他解开包裹工具的手帕，将工具泡进水壶剩余的热水里。

"这些东西得先煮沸。"他说着，然后拿起营地的肥皂，在装满热水的脸盆里洗手。尼克盯着父亲使用肥皂洗手。他的父亲一边仔细搓洗双手，一边开口说话。

"你要知道，尼克，生产时小宝宝的头应该先出来，但有时并非如此。如果头没有先出来，就会给大家带来大麻烦。说不定我得帮这位女士开刀。等一下就知道了。"

觉得双手洗得够干净以后他才进去，准备工作。

"乔治，能不能掀开这被子？"他说，"我最好不碰到。"

随后他开始进行手术，乔治叔叔和三个印第安男人压住女人，让她别动。她咬了乔治叔叔的手臂，乔治叔叔叫道："该死的印第安泼妇！"刚才帮乔治叔叔划船的年轻印第安人嘲笑起他。尼克帮他的父亲端着脸盆。手术耗时很久。

他的父亲抱起小宝宝，拍打几下促使他呼吸，然后将他交给老妇人。

"尼克，看，是个男孩。"他说，"当实习医生的感觉如何？"

尼克说："还可以。"他扭过头，这样就不会看见他父亲正在做什么。

"好。可以了。"他的父亲说着，把什么东西丢进了脸盆。

尼克不想看。

"现在——"他的父亲说，"还要再缝几针。尼克，看或不看，随你高兴。我现在要缝合手术的切口。"

尼克不愿再看。他的好奇心早就消失了。

手术结束，他的父亲站起身。乔治叔叔和那三个印第安男人也都站起来。尼克将脸盆端进厨房。

乔治叔叔看着自己的手臂。年轻的印第安人想起什么便笑了。

"乔治，我来给你涂些双氧水。"医生说。

他弯下腰检视印第安女人。她安静下来，双眼合起。女人的脸色看起来十分苍白。她不知道宝宝怎么了，现在她什么事都不知道。

"我明天早上再过来。"医生一边说话，一边站直身子，"圣伊格纳斯来的护士应该中午就到，她会把我们需要的物品都带过来。"

现在，他就像是比赛过后群聚在更衣室的美式足球运动员一样，觉得自己地位崇高，也变得健谈许多。

"乔治，这可以刊载在医疗杂志上了！"他说，"用折叠刀进行剖腹产，再用九英尺[1]细肠线缝合伤口。"

乔治叔叔靠墙站立，低头看着自己的手臂。

"噢，没错，你真是厉害。"他说。

"该去看看那位骄傲的父亲。他们通常是这种小事件里面最凄惨的受害者。"医生说，"我得说那家伙还真是沉得住气呢。"

他掀开印第安人头上的毯子。他觉得手上湿湿的。他踏着下铺床板的边缘，一手提着灯，往上铺一探。印第安男人面壁躺着。他的喉咙被切开，开口从左耳延伸到右耳。汩汩流出的鲜血，在他身体压于床铺的凹陷处积出一片血泊。他的头枕在左手臂上。那把张开的剃刀，刀刃朝上，落在毯子上。

1　英美制长度单位，1英尺约合 0.3 米。——编辑注

"乔治，快把尼克带出去。"医生说。

根本不需要多此一举。当他父亲一手提灯，另一只手轻推印第安男人的头时，站在厨房门口的尼克将上铺发生的这些事情看得一清二楚。

他们沿着运木道路走回湖边时，天才刚亮。

"小尼克，我很抱歉，不该带你过来的。"他的父亲说，手术后的得意神情早已不复见。"害你目睹这一切，实在太糟了。"

"女人生孩子都会这么惨吗？"尼克问。

"不，这是非常、非常罕见的例外。"

"爸爸，为什么他要自杀？"

"我不知道。尼克，我猜他撑不下去了。"

"爸爸，很多男人自杀吗？"

"不是很多，尼克。"

"很多女人自杀吗？"

"几乎没有。"

"到底有没有呢？"

"哦，有。她们有时候会自杀。"

"爸爸？"

"怎么了？"

"乔治叔叔去哪儿了？"

"没事，他会出现的。"

"爸爸，死掉，难吗？"

"不，我觉得很容易。尼克，要看情况。"

他们坐上小船，尼克在船艄，父亲划船。

太阳从山丘后升起。一尾鲈鱼跳出湖面，激起一道道涟漪。尼克把手伸进水里。清晨里寒意逼人，但他的手是温暖的。

大清早的湖面，他坐在父亲划桨的小船船艄，十分确信自己永远不会死。

医生夫妇

迪克·波顿从印第安营地前来为尼克的父亲锯原木。他带着儿子艾迪，还有一个叫比利·泰伯萧的印第安人随行。他们穿过树林，从后门进来。艾迪扛着长长的横锯。走路时横锯在他肩膀上，上下晃动着，发出音乐般的声响。比利·泰伯萧扛着两根大滚木钩[1]。迪克则挟着三把斧头。

他转身关门。其他人走在他前方，朝湖边掩埋原木的沙地走去。

这些原木来自一艘拖曳大批浮木[2]到工厂加工的汽船"神奇"号，在拖运时从栅栏中脱落了。它们漂流靠岸，如果置之不理，过不了多久，"神奇"号的船员就会划船过来，找到原木后，将钢钩钉进木头尾端，拖进湖面，以相同方式运回木头。不过木材商可能永远不会过来，才几根原木，劳师动众地收集回去，卖了还抵不了工钱。如果无人回收，这些原木就将持续泡水，腐烂在沙滩上。

尼克的父亲总是这般假设，然后雇用印第安人，让他们从营地过来，使用横锯将原木锯成一段段的，再以

1 配置活动弯钩的棍棒，用来翻转砍下的原木。——译者注（如无特殊说明，本书脚注均为译者注）

2 以水路运送木材的方式。汽船后方拖着一格又一格的木栅栏，栅栏内则是砍伐下的原木，拖行长度可达数十米。若栅栏过长，会另有汽船在栅栏旁护送。

尖劈把每段劈得更细，堆成一撮木材[1]，以及烧火用的木块。迪克·波顿绕过农舍，走到了湖边。有四根巨大的山毛榉原木，几乎全被埋进沙子里。艾迪把锯子柄挂上树枝。迪克将三把斧头放到船坞。迪克是混血儿，很多住在湖边的农夫都认定他是白人。他懒惰成性，一旦上工却又很能干活。他从口袋里面掏出烟草放进嘴里咀嚼，以欧及布威[2]语同艾迪和比利·泰伯萧交谈。

他们将滚木钩插进原木，来回摇晃，让原木脱离沙地。他们用尽全身力气推动滚木钩的木棍。沙里的原木松动了。迪克·波顿转身盯着尼克的父亲。

"呃，医生，"他说，"你偷了一批上好的原木。"

"迪克，少乱说话。"医生说，"这是漂流木。"

艾迪和比利·泰伯萧把原木从湿漉漉的沙地中钩出来，朝水边滚过去。

"泡进水里去。"迪克·波顿喊着。

"你为什么要这样做？"医生问。

"先洗洗。沙子洗掉了才好锯。我来瞧瞧这木头是谁

---

1   原文为cord，即考得，木材计量单位：长8英尺、宽4英尺、高4
     英尺的木材堆。1英尺约合0.3米。

2   原文为Ojibway，欧及布威族印第安人，又称奥吉布瓦族印第安人，
     为北美的原住民部落。

的。"迪克说。

原木在湖水里浸洗。烈日下，艾迪和比利·泰伯萧满头大汗，持续在滚木钩上施力。迪克跪在沙地上，仔细读起原木底端的凿痕标志。

"原来是怀特与麦可纳利的东西。"他说着，一边起身，一边拍掉裤子膝盖上的沙。

医生相当不自在。

"迪克，你别锯了。"医生说得干脆。

"不要生气嘛，医生。"迪克说，"不用生气。我根本不在乎你偷了谁的原木。这都跟我无关。"

"如果你认为这是偷来的，就放着别动，工具收一收回营地去。"医生面红耳赤地说。

"不要气昏头就乱讲话啊，医生。"迪克说。他朝原木吐了口烟草汁。烟草汁慢慢滑下，滴入水里冲淡了。"你跟我一样清楚，这些原木全是偷来的。与我根本不相干。"

"好。如果你认为这些原木是偷来的，就把东西收好,滚。"

"喂，医生——"

"东西收收滚远点儿。"

"听好啦，医生——"

"你再叫我一次医生，我就打断你的门牙，叫你一口吞进去。"

"噢，不，你不会的，医生。"

迪克·波顿看着医生。迪克是个大个子。他也清楚自己有多高大。他乐意打架。他总是很开心。艾迪和比利·泰伯萧靠着滚木钩望向医生。医生咬住下唇边的胡子瞪着迪克·波顿。接着他转过身，径自朝山丘上的农舍走去。他们看他的背影，就知道他有多愤怒。他们几个目送他走上山丘，走进农舍。

迪克以欧及布威语说了几句话。艾迪笑了出来，但比利·泰伯萧倒是非常严肃。他听不懂英语，但他们争执时他直冒汗。他是个胖子，脸上只有几根胡子，活像个中国佬。他抓起两根滚木钩。迪克拿起斧头，艾迪从树上取下锯子。他们动身，经过农舍，从后门离开，走进了树林。迪克没关门。比利·泰伯萧绕回来将门关上。一行人消失在树林间。

回到农舍的医生，坐在他房间的床上，眼见书桌附近的地面堆了一沓医学期刊，全都包装完好，尚未开封。他一看就火大。

"亲爱的，你不是回去工作了吗？"医生妻子从她房里问。她躺在床上，百叶窗都拉了下来。

"不！"

"发生什么事了？"

"我和迪克·波顿吵架了。"

"噢。"他的妻子说，"亨利，我希望你没有乱发脾气。"

"没有。"医生说。

"要记得，治服己心的，强如取城[1]。"他的妻子说。她是基督教科学派[2]的信徒，她的《圣经》《科学与健康》和《季刊》杂志全摆在她昏暗房间里床边的桌上。

她的丈夫没有回话。他坐在自己的床边，清理猎枪。他把沉重的黄色子弹先塞进弹膛再退出来。子弹撒落

1　典出《圣经·旧约·箴言》第16章第32节。

2　基督教科学派是受玛丽·贝克·埃迪（Mary Baker Eddy）的《科学与健康》（也译作《科学与健康及〈圣经〉之关键》）和《圣经》所启发的基督教组织，深信信仰和祈祷能治愈所有疾病。

一床。

"亨利。"他的妻子呼唤着。一阵静默。"亨利。"

"我在这儿。"医生说。

"你没故意说什么去激怒波顿吧，有吗？"

"没有。"医生说。

"亲爱的，那你在烦恼什么？"

"没什么事。"

"告诉我，亨利。拜托你不要隐瞒我。究竟你在烦恼什么？"

"嗯，我治好了迪克他老婆的肺炎，他欠我一屁股债。我猜他就是想跟我吵架，不想替我做工抵债。"

他的妻子不发一语。医生拿布仔细擦拭枪身。他将子弹推入，扣住弹膛弹簧。他独自安坐，枪摆在膝盖上。他相当喜爱这把枪。然后他听见妻子的声音从昏暗房间传过来。

"亲爱的，我不认为，我真的不认为有人会存心做这种事。"

"没有吗？"医生说。

"不，我不相信有人会故意这样做。"

医生站起身，把猎枪放到梳妆台后边的角落里。

"你要外出吗，亲爱的？"他的妻子说。

"我想出去走走。"医生回答。

"亲爱的，如果你看到尼克，能不能告诉他，他的母亲想见他？"他的妻子说。

医生走出屋子来到门廊。身后的纱门"砰"的一声关上了。他听见妻子在他甩上门时倒抽了一口气。

"对不起。"他站在她拉上百叶窗的窗户外头说。

"没关系，亲爱的。"她说。

他顶着大太阳走出大门，沿着小路走进杉树林。就算天气如此炎热，走进树林仍顿显凉爽。他发现尼克靠坐在树旁，正在阅读。

"妈妈要你过去看看她。"医生说。

"我要跟你一起去。"尼克说。

他的父亲低头看着他。

"好，那走吧。"他的父亲说，"把书给我，我放进口袋里。"

"我知道哪边有黑色松鼠，爸爸。"尼克说。

"好。"他的父亲说，"我们一起过去吧。"

一个干净明亮的地方

三声枪响

尼克正在帐篷里脱衣服。他看见在营火的照射下，父亲和乔治叔叔的影子映在帆布帐篷上。他觉得很不自在，觉得羞耻，便用最快的速度脱下一身衣服，再整整齐齐叠好。他感到羞耻，因为脱衣服会让他想起前一晚的事。一整天他都避免想起那件事。

他的父亲和叔叔吃过晚餐，拿着手提灯到湖上钓鱼。他们推船入水前，他的父亲嘱咐他，他们不在的时候，若是发生紧急状况，只要拿起来复枪连开三枪，他们就会马上回来。尼克从湖边折返，穿过树林回到营地。黑暗之中他听见划桨的声音。他的父亲正在划船，他的叔叔坐在船艄钓鱼。他父亲将船推入水的当下，乔治叔叔坐得沉稳，手里的钓竿蓄势待发。尼克仔细聆听湖上的动静，直到再也听不见任何划桨声。

穿过树林的回程中，尼克开始慌张。他本来就有点儿害怕夜晚的丛林。他拉开帐篷的帘幕，在黑暗中脱下衣服，躲进毛毯里，不敢发出任何声音。外头的营火烧得只剩一堆黑炭。尼克一动不动地躺着，只想赶快进入梦乡。四周寂然无声。尼克心想，要是能听到狐狸、猫头鹰或其他东西的声音，他就会好过点儿。到目前为止，他不曾恐惧过任何具有形体的东西，但这时他觉得好害怕。他突然害怕起死亡。几个星期前，不管在家里或上教堂，他们都在唱着："有一天银线终将断裂。"就在他们哼唱这首圣歌的当下，尼克忽然领悟自己终将于某天死去。这让他觉得糟糕透顶。他这辈子第一次领悟，当某个时刻到来时，他就不得不死。

那天晚上，他坐在门厅，就着夜灯试图阅读《鲁滨孙漂流记》，好让自己别再多想银线终将在某天断裂的事。保姆发现他还在外头，威胁他快上床去，否则要向他父亲告状。他回到床上一直等到保姆回房，再立刻走出来，就着门厅的灯光读到天亮。

昨晚，待在帐篷里，他又感受到相同的恐惧。他总在入夜后才有这种恐惧。刚开始，比较类似体会而非恐惧，但那感觉始终游移在恐惧边缘，一旦发作，很快就会变成恐惧本身。就在他惊慌的时刻，他蓦地拿起来复枪，将枪口朝着帐篷外面，"砰、砰、砰"开了三枪。来复枪的作用力很强。他听到枪响撕裂树林般穿去。开枪后他顿觉安心。

他躺下等待父亲回来，结果父亲和叔叔在湖的另一边还未熄灭手提灯，他已沉沉睡去。

"那小鬼真该死。"他们往回划时，乔治叔叔说，"你干吗告诉他可以叫我们回去？说不定他只是发神经。"

乔治叔叔是热爱钓鱼的人，也是他父亲的弟弟。

"呃，算了吧，他还小啊。"他的父亲说。

"那就不该让他跟我们到森林来。"

"我知道他是胆小鬼，"他父亲说，"但我们在他那年纪不也一样？"

"我就是受不了他。"乔治说，"鬼话连篇的臭小子。"

"哦，算了吧。鱼再钓就有。"

他们回到帐篷，乔治叔叔拿着手电筒朝尼克的眼睛照。

"小尼克，怎么啦？"他的父亲说。尼克自床上坐起。

"有一个听起来介于狐狸和狼之间的东西，在帐篷外面绕来绕去，"尼克说，"听起来像狐狸，但更像是狼。"他从他的叔叔那里学到"介于什么之间"这种说法。

"可能只是听到猫头鹰在叫。"乔治叔叔说。

到了早晨，他父亲发现两棵枝干交缠的菩提树，在风中发出摩擦声响。

"尼克，你觉得是这个声音吗？"他的父亲问。

"可能吧。"尼克说。他根本不愿回想这件事。

"尼克，在树林里不要觉得害怕。因为根本没有东西能伤害你。"

"那闪电呢？"尼克问。

"嗯，闪电也伤害不了你。如果下起大雷雨，就朝着旷野跑，不然躲在山毛榉树底下。闪电劈不到你。"

"永远劈不到？"尼克问。

"从没听过有人被劈死。"他的父亲说。

"谢天谢地，我真高兴今天知道了山毛榉这种树。"

现在，他在帐篷里脱衣服。帐篷上有两道影子，他虽然没有紧盯着看，但还是不免在意。接着，他听到有艘船被拉上岸，然后那两道影子消失不见了。他听见他的父亲在和某人交谈。这时，他的父亲大喊："尼克，把衣服穿好。"

他用最快的速度穿上衣服。他的父亲进到帐篷，仔细翻找筒状行李袋。

"尼克，把外套穿上。"他的父亲说。

杀
手
们

亨利餐馆的门开了，两个男人走进来，坐在柜台边。

"想来点儿什么？"乔治问他们。

"不知道。"其中一个男人说，"艾尔，你想吃什么？"

"我不知道。"艾尔说，"我不知道吃什么好。"

外头天色渐暗，街灯的光从窗外透进来。柜台边的两个人在研读菜单，尼克·亚当斯则从柜台另一端观察他们的动静。他们进门之前，尼克和乔治正在聊天。

"我来份烤嫩猪里脊肉佐苹果酱，还有马铃薯泥。"第一个男人说。

"这道菜还没好。"

"那你没事把它放在菜单上干吗？"

"那是晚餐，六点才开始供应。"乔治解释。

乔治看着柜台后方墙上的时钟。

"现在五点。"

"那时钟明明是五点二十分。"第二个男人说道。

"这钟快二十分钟。"

"噢，该死的钟。"第一个男人说，"你们还有什么可以吃的？"

"我们有各种三明治。"乔治说，"像火腿蛋的、培根蛋的、猪肝培根的，或牛排的。"

"给我来份炸鸡肉丸配豌豆，配奶油汁，还有马铃薯泥。"

"那是晚餐。"

"怎么我们想吃的全都是晚餐，嗯？你们就是这样经营的吗？"

"我可以帮你做火腿蛋、培根蛋、猪肝——"

"那我就要火腿蛋的吧。"叫艾尔的男人说。他戴着圆顶窄边礼帽，穿着胸口纽扣紧扣的黑色大衣。他的脸小且苍白，嘴唇单薄，围着丝质围巾，还戴着手套。

"我要培根蛋的。"另一个男人说。他的身材和艾尔差不多。虽然他们的脸长得不一样，但穿衣风格却像双胞胎。两人都穿着尺寸过小的大衣。他们坐在那儿，身子向前倾，手肘靠着柜台。

"有什么喝的？"艾尔问。

"银啤酒、Bevo[1]、姜汁汽水。"乔治回答。

"我是问你有什么东西可以喝[2]。"

"就是我说的那些。"

"这小镇还真热。他们怎么称呼这地方？"另一个男人说道。

"萨密特。"

"你听说过吗？"艾尔问他的朋友。

"没有。"朋友答。

"你们晚上有什么活动？"艾尔问。

"一起吃晚餐。"他的朋友说，"他们都会来这边一起吃顿大餐。"

"就是这样。"乔治说。

"你觉得他说的一点儿也没错？"艾尔问乔治。

"当然。"

"你这小鬼很聪明嘛，是不是？"

"当然。"乔治说。

"呃，才怪。"另一个小个子说，"艾尔，他聪明吗？"

1　银啤酒(Silver Beer)、Bevo 均为无酒精饮品，口感近似啤酒，于 1920 年至 1933 年的美国禁酒时期十分流行。

2　指喝酒。

"笨蛋一个。"艾尔说。他转头看着尼克,"你叫什么名字?"

"亚当斯。"

"又一个聪明的小鬼。"艾尔说,"麦克斯,你不觉得他也是个聪明小鬼吗?"

"这小镇怎么到处都是聪明小鬼。"麦克斯说。

乔治把两个浅盘放上柜台,一盘装着火腿蛋,另一盘则是培根蛋。他将两碟做配菜的炸马铃薯端上来,关上通厨房的小窗。

"你点了什么?"他问艾尔。

"你不记得了?"

"火腿蛋。"

"真是个聪明的小鬼。"麦克斯说完,往前拿了那盘火腿蛋。这两个男人吃东西也不脱手套。乔治看着他们用餐。

"你看什么?"麦克斯瞪着乔治。

"没有。"

"你他妈的就有。你分明就在看我。"

"那个小鬼只是在玩，麦克斯。"艾尔说。

乔治笑了出来。

"你别笑。你根本就不该笑，懂吗？"麦克斯对他说。

"好吧。"乔治说。

"他觉得没事了。"麦克斯转身面对艾尔，"他以为这样就没事了。好样的。"

"噢，他是个思想家。"艾尔说。他们继续吃。

"柜台后边那个聪明小鬼叫什么？"艾尔问麦克斯。

"嘿，聪明小鬼，"麦克斯对尼克说，"到柜台后面去陪你男朋友。"

"你什么意思？"尼克问。

"没什么意思。"

"你最好赶快过去，聪明小鬼。"艾尔说。尼克绕到柜台后头。

"你要干吗？"乔治问。

"他妈的跟你没关系。谁在厨房里面？"艾尔说。

"有个黑鬼。"

"什么叫有个黑鬼？"

"负责煮菜的黑鬼。"

"叫他过来。"

"你要干吗？"

"叫他过来。"

"你们知道这是谁的地盘吗？"

"妈的我们清楚得很。"叫麦克斯的男人说，"我们看起来像傻瓜吗？"

"你就是在说傻话。"艾尔对他说。"他妈的没事跟这个小鬼吵什么？听着，"他对乔治说，"叫那个黑鬼到这边来。"

"你想对他怎样？"

"不怎么样。动点儿脑子吧，聪明小鬼。我们干吗要对黑鬼怎样？"

乔治打开通厨房的小窗，对里面叫唤："山姆，过来一下。"

通厨房的门打开了，那个黑人走进来。"干吗？"他问。柜台边两个男人看了他一眼。

"很好，黑鬼。你站在那边别动。"艾尔说。

山姆，那个黑人，穿着围裙呆站着，看着坐在柜台边的两个男人。"是，先生。"他说。艾尔从凳子上下来。

"我陪黑鬼和聪明小鬼回厨房。"他说，"回去，黑鬼。聪明小鬼，你也跟上去。"小个子男人走在尼克与厨师山姆后头，一起进了厨房。他们一进去，门也跟着关上了。叫麦克斯的男人坐在柜台边，和乔治面对面。他对乔治视而不见，直盯着柜台后方那一大片镜子瞧。原来，亨利餐馆是一间酒吧改造成的。

"喂，聪明小鬼，"麦克斯看着镜子，继续说道，"你干吗不说话？"

"这究竟是怎么一回事？"

"嘿，艾尔，"麦克斯大叫，"聪明小鬼想知道这究竟是怎么一回事。"

"你干吗不自己讲？"艾尔的声音从厨房里传过来。

"你觉得是怎么一回事？"

"我不知道。"

"你想想。"

麦克斯讲话时总盯着镜子。

"我不想讲。"

"嘿，艾尔，聪明小鬼说他不想讲究竟发生了什么事情。"

"好了，我听得到。"厨房里的艾尔说道，然后用番茄酱瓶子撑开通往厨房的送餐窗口。"听着，聪明的小鬼，"他从厨房对乔治说话，"离吧台远一点儿。麦克斯，你往左边移一下。"他的口气就像摄影师指挥大伙儿拍团体照。

"说说看啊，聪明小鬼，"麦克斯问，"你觉得等会儿会发生什么事？"

乔治不发一语。

"那我告诉你吧，"麦克斯说，"我们要杀一个瑞典人。你认识一个叫欧尔·安德森的大个子瑞典人吗？"

"认识。"

"他每天晚上都会来这儿吃晚餐，对吧？"

"他有时候会过来。"

"他都六点到，对吧？"

"如果来的话。"

"我们一清二楚，聪明小鬼。"麦克斯说，"来聊聊其他的事吧。看过电影吗？"

"偶尔会看。"

"你应该多看点儿电影。对你这种聪明小鬼来说，电影有益处。"

"你为什么要杀欧尔·安德森？他哪里冒犯你们了？"

"他才没机会冒犯我们。他根本没见过我们。"

"而且他这辈子只会看到我们一次。"艾尔在厨房里搭腔。

"既然这样，你们又何必杀他？"乔治问。

"我们要帮个朋友杀他，纯粹答应朋友要帮忙而已，聪明小鬼。"

"闭嘴。"厨房里的艾尔说,"你他妈太多嘴了。"

"呃,我怕聪明小鬼太无聊。你说是不是,聪明小鬼?"

"你他妈话太多了。黑鬼和我的聪明小鬼会自己找乐子。我把他们捆得像女子修道院的一对小姑娘。"艾尔说。

"我猜你应该在女子修道院待过。"

"你又知道了。"

"你待过犹太女子修道院。你以前就待在那地方。"

乔治抬头看时钟。

"如果有人上门,你就说厨师不在;如果他们硬要点餐,你就告诉他们,说你会进厨房自己煮。懂了吗?聪明小鬼。"

"好吧。"乔治说,"结束之后,你会对我们怎样?"

"要看情况。"麦克斯说,"这种事现在说不准。"

乔治抬头看时钟,六点十五分。临街的门打开了,一名电车司机走进来。

"哈喽,乔治。晚餐好了吗?"他说。

"山姆出去了,大概要半小时才会回来。"乔治说。

"那我最好上街绕绕。"司机说。乔治看着时钟，六点二十分。

"干得好。聪明小鬼，"麦克斯说，"你真是个地道的小绅士。"

"他知道我会轰掉他的脑袋。"艾尔在厨房里说道。

"不，才不是。聪明小鬼很棒，是个乖孩子，我喜欢。"麦克斯说。

六点五十五分时，乔治说："他不会来了。"

还有两个客人来过餐厅。乔治进过一次厨房，帮那个男客人做了外带的火腿蛋三明治。待在厨房时，他看到艾尔将礼帽顶在后脑勺，手里握着枪管锯短的猎枪，枪口倚住壁架，独自坐在小窗口旁的凳子上。尼克和厨师背对背待在角落里，嘴里都塞着毛巾。乔治做好三明治后，拿油纸包起来，放进纸袋交给客人，那男人付过钱就离开了。

"聪明小鬼做什么事情都拿手，"麦克斯说，"会做菜，无所不能。你可以把女孩子调教成一个好太太的，聪明小鬼。"

"是吗？"乔治说，"你朋友，欧尔·安德森，看来不会出现了。"

"我们再给他十分钟。"麦克斯说。

麦克斯看着镜子和时钟。时针、分针指向七点整，然后又过了五分钟。

"算啦，艾尔。我们该闪了，他不会来了。"麦克斯说。

"最好再给他五分钟。"厨房里的艾尔说。

有个男人在这五分钟里进了门，乔治向他解释厨师生病的事。

"他妈的你干吗不再请另一个厨师？"男人问，"你们还想不想开餐厅啊？"说完便走出去了。

"走吧，艾尔。"麦克斯说。

"这两个聪明小鬼，还有这个黑鬼怎么办？"

"他们不会怎样。"

"你确定？"

"当然，收工了。"

"我不喜欢这样，拖泥带水，你又太多嘴。"艾尔说。

"噢，该死的。我们总得找点儿乐子吧，不能吗？"麦克斯说。

"你话太多，每次都这样。"艾尔说。他从厨房走出来。截短枪管的猎枪让紧身大衣的腰边凸起一块。他用戴着手套的手整理大衣。

"再见啦，聪明小鬼，"他对乔治说，"算你走运。"

"他说的是实话。你应该赶快去赌马，聪明小鬼。"麦克斯说。

两个人走出门外。乔治透过窗户紧盯着他们从弧光灯下走过，穿过大街。紧身大衣和圆顶窄边礼帽让他们看起来像歌舞杂耍团的成员。乔治推门走进厨房，帮尼克和厨师松绑。

"别再来了。"厨师山姆说，"我再也受不了了。"

尼克站起身。毛巾塞嘴还真是他生平头一遭。

"哼，妈的，搞什么鬼？"他佯装威风，来消除方才的惊恐。

"他们想杀欧尔·安德森。他们打算趁他进门吃饭时，开枪打死他。"乔治说。

"欧尔·安德森？"

"没错。"

厨师用拇指按压自己的嘴角。

"他们都走了？"他问。

"对，都走了。"乔治说。

"我不喜欢这样子。我一点儿都不喜欢这种事情。"厨师说。

"听着，你最好去欧尔·安德森那儿看一下。"乔治对尼克说。

"好吧。"

"你最好不要轻举妄动。"厨师山姆说，"闪远一点儿比较好。"

"你不想去就别去了。"乔治说。

"牵扯进去不会有好处的。"厨师说，"你别蹚这浑水。"

"我要去看他。"尼克对乔治说，"他住哪里？"

厨师别过头去。

"小孩子都以为自己很行。"他说。

"他住在赫希的出租公寓。"乔治对尼克说。

"那我去看看。"

外头，弧光灯的光透过某棵树的光秃树枝照下来。尼克沿电车轨道走到街道另一头，在下一个弧光灯处转弯，拐进一条小巷。眼前三栋房子就是赫希的出租公寓。尼克踏上两级台阶，按下门铃。有个女人应门。

"欧尔·安德森在吗？"

"你要见他吗？"

"对，如果他在的话。"

尼克跟着女人走上楼梯，直到走廊尽头。她敲敲门。

"谁呀？"

"有人要见您，安德森先生。"女人说。

"我是尼克·亚当斯。"

"请进。"

尼克开门走进房里。欧尔·安德森穿着整齐地躺在床上。他曾经是位重量级拳击手，床对他来说显得太小了。他枕着两个枕头。他并未看尼克。

"什么事？"他问。

"我刚才在亨利餐馆，"尼克说，"来了两个人，把我和厨师给绑了起来，还说要干掉你。"

他陈述这件事情时，听起来有点儿可笑。欧尔·安德森一句话也没说。

"他们把我们绑在厨房里，"尼克继续说，"还说等你进门吃晚餐，就一枪毙了你。"

欧尔·安德森看着墙壁，不发一语。

"乔治认为我最好过来通报你一声。"

"我没有办法解决。"欧尔·安德森说。

"我可以告诉你他们的长相。"

"我不想知道他们长什么样。"欧尔·安德森说，他依然看着墙壁，"谢谢你过来告诉我这件事情。"

"这没什么。"

尼克看着躺在床上的大个子。

"要不要我去找警察？"

"不用。"欧尔·安德森说，"这没什么好处。"

"难道没有我可以帮忙的地方吗？"

"没有。没有什么好帮的。"

"说不定只是想吓唬你。"

"不，这不是吓唬。"

欧尔·安德森转过身面对墙壁。

"唯一的问题是——"他对着墙壁说，"我下不了决心到外头去，我已经待在这里一整天了。"

"难道不能出城避避风头吗？"

"不。我受够了一再逃命。"欧尔·安德森说。

他盯着墙壁看。

"没有办法了。"

"难道没有解决的方法吗？"

"没有，我犯了错。"他说话的声音依旧平板，"没其他处理办法。再过一会儿，我会下定决心出去。"

"我最好回乔治那儿看看。"尼克说。

"再见。谢谢你过来。"欧尔·安德森说。他没有看尼克。

尼克走出去。他关门的时候，看见欧尔·安德森穿着整齐地躺在床上，盯着墙壁。

"他已经待在房里一整天了。"楼下的房东太太说，"我猜他不舒服，劝他说：'安德森先生，秋日正好，您该出去走走。'但他就是不愿意。"

"他不想出去。"

"他身子不舒坦，我也觉得遗憾。他是个大好人。以前是打拳击的，你知道。"女人说。

"我知道。"

"要不是他破相了，谁会知道他以前是打拳击的。"女人说。他们站在临街的门里说话。"他挺温和。"

"好吧，晚安了，赫希太太。"尼克说。

"我不是赫希太太。这地方是她的，我来帮忙打理。我是贝尔太太。"

"那么，晚安了，贝尔太太。"尼克说。

"晚安。"女人说。

尼克沿着黑暗的街道走到弧光灯下的转角，然后沿着电车轨道走回亨利餐馆。乔治还在店里，站在柜台后面。

"你看到欧尔了吗？"

"嗯，他在房里不肯出门。"尼克说。听见尼克的声音，厨师打开厨房的门。

"我什么都没有听到。"说完，厨师立刻关门。

"你说了吗？"乔治问。

"当然说了，他自己也很清楚啊。"

"他打算怎么解决？"

"他不打算解决。"

"他们会杀死他的。"

"我猜也是。"

"他一定在芝加哥惹了什么麻烦。"

"大概吧。"尼克说。

"真他妈的大麻烦。"

"要命的大麻烦。"尼克说。

他们沉默下来。乔治从底下拿出一条抹布,开始擦拭柜台。

"不知道他干了什么好事。"尼克说。

"出卖某人吧。这就是他们要杀他的原因。"

"我要离开这个小镇。"尼克说。

"行。这样也好。"乔治说。

"一想到他待在房里等死,我就受不了。这太糟糕、太可怕了。"

"那么,你最好不要再想了。"乔治说。

世界的光

一见我们进门，酒保便抬起头，伸手把玻璃罩子盖回那两碗免费午餐[1]上。

"给我一杯啤酒。"我说。他倒上一杯，用刮刀刮掉上头的泡沫后就紧握着杯子不放。直到我将一枚镍币放上木造台面，他才把啤酒沿桌面推过来。

"你呢？"他对汤姆说。

"啤酒。"

他又倒了杯啤酒，刮掉泡沫，看到钱才把啤酒推到汤姆面前。

"有什么问题？"汤姆问。

酒保没回答，视线越过我们头顶，对刚进门的男人说："你要什么？"

"黑麦威士忌。"那男人说。酒保拿出酒瓶、酒杯和一杯水。

汤姆伸手掀开免费午餐上面的玻璃罩子。碗里头摆着腌猪脚，还有一支类似剪刀功用的木头玩意儿，末端两个木叉正好用来叉肉。

1　19世纪初的美国酒馆，只要点一杯饮品，就可以享用附赠的面包或是价值稍高于饮品的食物。店主以此营销方式，吸引顾客多点饮品。"天下没有白吃的午餐"（There ain't no such thing as a free lunch）这句话，就是从这个业界现象来的。

"不行。"酒保边说边把玻璃罩盖回去。汤姆手里握着木叉剪。"放回去。"酒保说。

"你说要放哪儿。"汤姆说。

酒保一只手伸到吧台下方,眼睛紧盯着我们两个。我放了五十美分在桌上,他才挺直身子。

"你要什么?"他说。

"啤酒。"我说。他去倒酒前,顺便掀开了碗上的玻璃罩。

"你他妈的,猪脚臭了!"汤姆说完,把嘴里的东西吐到地上。酒保不发一语。喝掉黑麦威士忌的男人付过钱,头也不回地走了。

"你才臭!"酒保说,"你们这对兔崽子才臭!"

"他说我们是兔崽子!"汤姆对我说。

"听着,我们走吧。"我说。

"你们这对兔崽子给我滚!"酒保说。

"我说过我们本来就想走。"我说,"可不是听你的。"

"我们会再回来!"汤姆说。

"你们才不敢！"酒保对他说。

"警告他，他错得有多离谱！"汤姆对我说。

"算了。"我说。

外头舒适、漆黑。

"那到底是什么鬼地方？"汤姆说。

"我哪儿知道。"我说，"去车站吧。"

我们从城镇的这一端进来，接着将从另一端离开。空气中飘着兽皮、鞣制[1]树皮和锯木屑的味道。我们进城时天色正慢慢转暗，现在变得又黑又冷，路上水洼的边缘都开始结冰了。

五个妓女在车站等火车进站，另外还有六个白人和四个印第安人。这地方好挤，锅炉烧得很热，发出陈腐气味的烟雾。我们走进车站时无人交谈，售票窗口也关了。

"把门关上行不行？"有人说。

我四处找说话的人，原来是那些白人中的一个。他和其他人一样，穿着截短的长裤、伐木工人的橡胶鞋和粗呢绒格子衫，但没有戴帽子。他脸色苍白，双手又白

1　制革工业将特定品种的树皮拆下，萃取单宁酸后，用其将兽皮制作成
　　皮革的过程。

又消瘦。

"不能关一下门吗？"

"好。"我说，把门关上。

"谢谢。"他说。当中有个男人暗笑。

"有没有轧过¹厨师呀？"他对我说。

"没有。"

"那你可以跟这个轧一下。"他看着那名厨师，"他就爱来这一套。"

厨师紧闭双唇，别过头去。

"他把柠檬汁涂在手上——"男人说，"说什么都不肯把手伸进洗碗水里面。你们瞧他那双手多白啊。"

有个妓女大声笑出来。她是我这辈子见过最大个儿的妓女，也是最大个儿的女人。她穿着会变色的丝质洋装。另外两个妓女虽然个头跟她差不多，但这个巨无霸铁定有三百五十磅²重。你要是见到她，绝对不敢相信她是真人。这三个妓女都穿着变色丝质洋装。她们并肩坐在长椅上，个头儿都很大。另外两个看来就是一般的妓女，

1　原文为 interfere with，原指与某人起冲突，也指猥亵孩童或性骚扰。

2　英美制质量单位，1 磅约合 0.45 千克。——编辑注

冒牌的金发女郎。

"你看他的手。"男人说着，朝厨师那儿点点头。妓女笑开了，身子一直晃。

厨师转过身来急促地对她说："你这一大团恶烂的肥肉山！"

她还是笑个没完没了，抖个不停。

"噢，我的老天！"她说。声音很好听。"噢，我的老天爷呀！"

两个大个头儿妓女呢，安安静静的，一副无知模样，但她们很魁梧，几乎和个头儿最大的那位差不多。她们一定都超过两百五十磅了。另外两个妓女看起来挺端庄的。

男人之中，除了厨师和说话的男人之外，还有两个伐木工人。专心听的那一个，对这个话题挺感兴趣，但有些害羞；另一个看起来则好像准备说点儿什么。此外是两个瑞典人。两个印第安人坐在长椅末端，一个印第安人靠在墙边。

那个准备发表意见的男人，压低声音对我说："一定就像压在一团干草堆上面。"

我笑了出来，并转述给汤姆。

"我对天发誓，我这还是头一次遇到这种状况。"他说，"看那三个女人！"然后厨师说话了。

"小伙子，你们两个多大啦？"

"我九十六，他六十九。"汤姆说。

"呵！呵！呵！"巨无霸妓女摇晃身躯，止不住地笑。她的声音真悦耳。其他妓女没有笑。

"噢，不能正经一点儿吗？我只不过想友善点儿才问的。"厨师说。

"我们一个十七，一个十九。"我说。

"你干吗？"汤姆转过来对我说。

"又没关系。"

"你可以叫我爱丽丝。"巨无霸妓女话刚讲完，浑身又乱颤个不停。

"那是你的名字？"汤姆问。

"当然，"她说，"爱丽丝。不是吗？"她转身面对厨师旁的男人。

"是爱丽丝。没错。"

"是那种名字吧？"厨师说。

"这是我本名。"爱丽丝说。

"其他女孩的名字呢？"汤姆问。

"海瑟儿和伊瑟儿。"爱丽丝说。海瑟儿和伊瑟儿微笑。她们看上去一点儿也不爽朗。

"你的名字呢？"我对其中一位金发女郎说。

"弗朗西斯。"她说。

"弗朗西斯什么？"

"弗朗西斯·威尔森。有意见吗？"

"你的呢？"我问了另一个。

"喂，少没礼貌。"她说。

"他只是想要我们都打成一片。"刚才讲话的男人说，"交个朋友嘛。"

"不要。"冒牌金发女郎说，"不想跟你交朋友。"

"她就是个小辣椒，很典型的小辣椒。"男人说。

冒牌金发女郎看着另一个金发女郎，摇了摇头。

"该死的老古板。"

爱丽丝又笑得花枝乱颤。

"没什么好笑的。"厨师说，"你笑个不停，但根本没有什么好笑的。小子，你们要去哪儿？"

"那你又要去哪儿？"汤姆问他。

"我要去凯迪拉克。"厨师说，"你去过吗？我妹妹住在那边。"

"他自己就是个妹子。"穿着截短长裤的男人说。

"你说够了没？"厨师说，"不能好好讲话吗？"

"凯迪拉克可是史蒂夫·凯切尔的家乡，阿德·沃尔加斯特同样是打那里来的。"害羞的男人说。

"史蒂夫·凯切尔。"一个金发女郎以高亢的声音喊着，仿佛这个名字往她身体里开了一枪，"他爸爸开枪杀了他。没错，我对天发誓，他的亲生爸爸。再也没有像史蒂夫·凯切尔这样的男人了。"

"他的名字不是斯坦利·凯切尔吗？"厨师说。

"噢，闭嘴。"金发女郎说，"你有多了解史蒂夫？斯坦利。他才不是斯坦利。史蒂夫·凯切尔是有史以来最棒、最健美的男人。我从来没见过像史蒂夫·凯切尔一样干净、白皙、漂亮的男人。没有男人能像他一样。他动如猛虎，还是全世界最健美、最大方慷慨的人。"

"你认识他？"其中一个男人问。

"我认识他？我认识他？我爱过他？你问的什么问题？我认识他，熟得就像全世界你只认识这一个人一样，我爱他就像你爱神一样。他可是有史以来最棒、最健美、最白皙、最漂亮的男人了，史蒂夫·凯切尔，但他爸爸竟然把他像条狗一样给射死了。"

"你陪过他去沿岸城市比赛吗？"

"没有。我是在那之前认识他的。他是我唯一爱过的男人。"

冒牌金发女郎用高度戏剧性的方式诉说这些故事，在场所有人都对她怀着敬意，但爱丽丝又开始摇晃起来。我坐她旁边，所以感受得到。

"你应该嫁给他的。"厨师说。

"我不能妨碍他的事业。"冒牌金发女郎说,"我不想拖累他。他并不需要一个老婆。噢,天啊,那么好的男人!"

"看起来也是。"厨师说,"但杰克·约翰逊不是打倒他了吗?"

"他耍诈!"漂了头发的女郎说,"那个大黑鬼突袭他。他早就打倒杰克·约翰逊那个混账黑鬼了。那家伙只是侥幸打败他。"

售票窗口开启,三个印第安人走过去。

"史蒂夫把他打趴之后——"漂了头发的女郎说,"还回头对我笑。"

"你刚才不是说你没有陪他去沿岸城市吗?"有人说。

"我就只去看过那场决斗。史蒂夫回头对我笑,然后那个狗娘养的黑鬼就从地狱里跳起来偷袭。史蒂夫有能力干掉一百个跟他一样的混账黑鬼。"

"他是个了不起的斗士。"伐木工人说。

"上帝呀,他就是——"漂了头发的女郎说,"上帝呀，如今再也不会有跟他一样的战士了。他像神一样，他就是神。那样白皙、干净、迷人、柔和，又敏捷，像是猛虎或闪电一样。"

"我看过他那场比赛的影片。"汤姆说。我们深受感动。爱丽丝全身剧烈颤抖。我转过身，发现她在哭。印第安人已经走上月台了。

"他比全天下任何一个老公都有能耐。"漂了头发的女郎说，"我们在上帝见证下结为连理，我的现在、未来都属于他，我完完全全是他的人。我不在乎自己的肉体，谁要都可以拿去，但我的灵魂属于史蒂夫·凯切尔。我对天发誓，他是个男子汉。"

每个人都觉得不自在。这情况太悲情，也太尴尬。依旧颤抖着的爱丽丝终于开口。"你这肮脏的骗子。"她用那低沉的嗓音说，"你这辈子根本没睡过史蒂夫·凯切尔，你清楚得很。"

"你凭什么讲这种话？"漂了头发的女郎带点儿骄傲地说。

"我敢这样说，因为这就是事实。"爱丽丝说，"我是这里唯一认识史蒂夫·凯切尔的人，我来自曼塞罗那，我们就是在那里相遇的。这才是事实，你心知肚明，如果有半句假话，老天爷可以来道闪电劈死我。"

"也可以劈死我啊！"漂了头发的女郎说。

"这是真的、真的、真的，你清楚得很。不是捏造，他对我说过的话，我一字不忘。"

"他说过什么？"漂了头发的女郎质问，她有点儿得意。

爱丽丝哭了起来，身子抖得厉害，几乎没有办法说话。"他说：'爱丽丝，你是件可爱的艺术品。'这就是他对我说的。"

"胡扯。"漂了头发的女郎说。

"是真的，"爱丽丝说，"他真的说过这句话。"

"胡扯。"漂了头发的女郎骄傲起来。

"不是，这是真的、真的、真的，我对耶稣和圣母发誓，千真万确！"

"史蒂夫不可能会说那种话。这不是他说话的方式。"漂了头发的女郎说得高兴。

"是真的。"爱丽丝用美好的声音说,"你信不信对我来说都没差别。"她不再哭泣,冷静下来。

"史蒂夫绝对不可能说那种话。"漂了头发的女郎向众人宣告。

"他说过。"爱丽丝带着微笑说,"我记得,当他说这句话时,我真的如他所说,是一件可爱的艺术品。现在,我就是比你还要高级的艺术品,你这个干巴巴的旧热水瓶。"

"你少侮辱我!"漂了头发的女郎说,"你这座巨型脓疮山。过去的事,我记得一清二楚。"

"不。"爱丽丝用那一贯甜美的声音说,"除了切除输卵管,还有第一次沾上可卡因和吗啡这种事之外,你什么都是从报纸上看来的。我干干净净的,你知道,虽然肉多了一点儿,但男人还是喜欢我,你很清楚,而且我从不说谎,这你是知道的。"

"我有回忆就好。"漂了头发的女郎说,"我那些真实、美好的回忆。"

爱丽丝看着她，又看着我们。受伤害的表情消失了，她笑起来。那是我见过的最漂亮的一张脸。她脸蛋美丽，皮肤光滑，声音好听，而且人又十分友善。但我的老天，她的个头儿真的很大，几乎是三个女人的合体。汤姆看到我直盯着她，便说："哎，我们走吧。"

"再见。"爱丽丝说。她的声音实在悦耳极了。

"再见。"我说。

"你们两个小伙子要走哪条路？"厨师问。

"不跟你走同一条。"汤姆告诉他。

---

* 厨师其实没说错，本故事中的拳击手，实为来自密歇根州凯迪拉克城，素有"密歇根刺客"(The Michigan Assassin)之称的斯坦利·凯切尔(Stanley Ketchel)，而非史蒂夫·凯切尔(Steve Ketchel)。1909年10月16日，凯切尔于加州科尔马市，出战杰克·约翰逊(Jack Johnson)，惨遭滑铁卢，让出冠军宝座。隔年凯切尔惨遭谋杀，凶手并非他的父亲，而是同在农场生活的友人沃尔特·迪普利(Walter Dipley)。但有二说值得推敲：一是斯坦利·凯切尔喜欢亲近的朋友叫他史蒂夫；二是斯坦利惨遭杀害后数年，亦有拳击手以史蒂夫·凯切尔之名出战阿德·沃尔加斯特(Ad Wolgast)，因此爱丽丝提到的史蒂夫有可能是这一位。——译者注

一则很短的故事

帕多瓦的某个炎热傍晚，他们将他撑上屋顶，让他能够一起俯瞰整座城镇。天空中雨燕盘旋。没过一会儿，天色转暗，探照灯亮起。其他人下去时，顺手带走了酒瓶。他和露兹都听见他们在阳台上的动静。露兹坐在床上。炎热的夜里，她依旧是平静、清新的模样。

露兹连续值了三个月的夜班。他们也开心有她工作。在他们为他施行手术时，是她为他准备了手术台。他们还说起"这究竟是朋友还是灌肠"[1]的笑话。麻醉时他紧紧抓住自己，生怕身处这痴傻又爱乱说话的状态，会泄露不该说出口的事。拄起拐杖行走后，他开始自己测量体温，露兹也就不再需要为此特地起床。这里病人不多，他们都清楚这事。他们也都喜爱露兹。当他走过大厅时，他还会遐想起露兹在他床上的样子。

他重返前线之前，两人曾一起到大教堂祈祷。那里微暗寂静，有人正在祷告。他们想要结婚，却来不及等到教堂宣布结婚公告；再者，他们也都没有出生证明。他们虽然觉得已是夫妻，但仍旧想让所有人都得知此事，然

1　原文为 friend or enema，enema 指灌肠，音近 enemy（敌人）。

后顺利完婚，如此才能确保一切不会变成一场空。

露兹给他写过许多信，但迟至休战后他才收到。十五封信被捆在一块儿寄到前线。他按照时间顺序排列，一口气读完。信中全是关于医院的状况，她对他的深情，以及没有他独活的难挨和对他苦苦思念的每个深夜。

休战后他们同意先让他返家找份工作，以便结婚。露兹不愿返乡，要他有个好工作后，再到纽约找她。谁都清楚他不喝酒，也没打算和任何美国友人见面，一心只想找到工作好结婚。在从帕多瓦开往米兰的火车上，他们争执起她不愿马上回家的事。离别时刻，他们在米兰车站里吻别，但争执并未结束。离别场面演变成如此境地，他很难过。

他在热那亚搭船回美国。露兹则回到波代诺内开设医院。那地方寂寞且多雨，城镇里驻扎着一个营的敢死队。生活在这冬日泥泞多雨的城市，部队少校向露兹求爱了。在这之前，她对意大利人一无所知，接着终于写了一封信到美国，表明他们的爱不过是男孩、女孩间的喜欢。她很抱歉，明白他可能无法理解，但或许有天会原谅她，然后感激她；谁能料到，她已打算在春天结婚呢。她永远爱他，但如今她已领悟：这是男孩、女孩间的爱。她祝福他前程远大，对他完全有信心。她知道这样最好。

那年春天，少校没有娶她，之后也没有。露兹也未曾收到寄往芝加哥那封信的回音。没过多久，他在搭出租车穿越林肯公园时，从一名百货公司女售货员身上感染了淋病。

白象似的群山

埃布罗河[1]河谷对面的群山绵长雪白。这一边既没有遮阴处也没有树木，大太阳底下车站就立于两条铁路间。被晒得热乎乎的建筑的影子投向紧靠车站的一边。酒吧的门前，挂着一面由竹子串珠制成、挡苍蝇的门帘。那个美国人与随行的女孩坐在户外阴凉处的桌子边。天气炎热，自巴塞罗那驶出的快车四十分钟内就要抵达。快车会在这个铁道交会站停留两分钟，再前往马德里。

"我们该喝些什么？"女孩问道。她脱下帽子，放在桌上。

"太热了。"男人说。

"喝啤酒吧。"

"Dos cervezas."[2]男人对着门帘里面唤。

"大杯的吗？"一个女人从门内问道。

"对。两杯大的。"

女人端来两杯啤酒还有两个毡制杯垫。她把杯垫和啤酒放上桌，观察这对男女。女孩望着远方的群山。阳光使它们呈现纯白色，这乡村却棕褐、干瘪。

1　西班牙境内最长的河流。——编辑注
2　西班牙语，两杯啤酒。

"它们看起来像一群白色大象。"她说。

"我从来没见过大象。"男人喝起啤酒。

"对,你不可能见过大象。"

"谁说不可能?"男人说,"又不是你说了就算。"

女孩盯着串珠门帘。"他们在上头印了东西。"她说,
"那是什么意思?"

"Anis del Toro[1],一种酒。"

"我们可以试试看吗?"

男人朝门帘喊了声"喂"。女人从酒吧间走出来。

"总共四雷阿尔[2]。"

"我们要两杯 Anis del Toro。"

"掺水吗?"

"你要掺水吗?"

"不知道。"女孩说,"掺水好喝吗?"

"还可以。"

"所以要掺水吗?"女人问。

"好,掺水。"

<hr>

1 西班牙语,公牛茴香酒。

2 西班牙货币单位。

"喝起来好像甘草浆。"女孩说完，放下酒杯。

"什么东西尝起来都是这样。"

"没错。"女孩说，"什么东西尝起来都像甘草浆，尤其是期待好久才来的那种，像是苦艾酒。"

"噢，闭嘴。"

"是你先开始的。"女孩说，"我觉得很有趣，玩得正开心。"

"嗯，那我们就一起开心起来吧。"

"好啊。我已经尽力了。我刚才说这些山看起来像是白色的大象，难道还不够机灵吗？"

"是很机灵。"

"我还提出尝试新的酒。这就是我们该做的，不是吗？看风景，喝新的酒。"

"可能是吧。"

女孩遥望群山。

"这些山真美。"她说，"它们看起来不像真的白色大象。我的意思是，从树林看过去，那些山表面白白的。"

"还要再喝吗？"

"好啊。"

温暖的风吹过桌边的串珠门帘。

"啤酒不错，而且够冰凉。"男人说。

"是不赖。"女孩说。

"吉格，那不过是很简单的手术，"男人说，"甚至称不上手术。"

女孩盯着桌脚处的地面。

"我知道你不会过分在意，吉格。这根本没什么。不过是把空气打进去而已。"

女孩沉默无语。

"我会陪你去，然后一直在你身边。他们只会把空气打进去，接下来一切又将恢复正常。"

"那之后我们该怎么办？"

"我们之后还是好好的。一如往常。"

"你怎么能这样想？"

"因为这是我们唯一的困扰，也是唯一一件让我们无法幸福的事。"

女孩直盯着串珠门帘，伸出手，握住两串珠子。

"你认为我们到时就没事，也会很幸福。"

"我确定。你别害怕，我知道很多人都做过这种手术。"

"我也知道。"女孩说，"所以他们之后都幸福快乐。"

"嗯，"男人说，"如果你不愿意就别去。如果你不愿意，我也不会强迫你。我只知道那真的非常简单。"

"你真觉得该做？"

"我认为这是最好的选择，但我不想勉强你去做你不愿意做的事。"

"如果我做了，你会开心，一切一如往常，然后你会爱我？"

"我现在就爱你。你知道我爱你啊。"

"我知道。但如果我做了，之后我再说什么东西看起来像是白色大象，就都没问题啰，这样你也会喜欢吗？"

"我会喜欢。我现在就喜欢，只是没办法思考。你知道我焦虑时就是这样。"

"如果我做了，你就不再烦恼？"

"我不会烦恼那个，我知道那再简单不过。"

"那我就做。因为我不在乎我自己。"

"这是什么意思？"

"我不在乎我自己。"

"呃，我在乎你。"

"哦，是嘛。但我不在乎我自己。我做，这样就没问题了吧。"

"如果你这样想，我宁愿你别做。"

女孩起身朝车站尽头走去。对面，就在另一边，种植谷物与树木的田野顺着埃布罗河的河岸延伸出去。远方，越过那条河，有山。云影飘过谷田，透过树木间的空隙，她看见了那条河。

"我们原本可以拥有这一切，"她说，"我们原本可以拥有这一切，然而，每天我们都让事情变得越来越难实现。"

"你说什么？"

"我说我们原本可以拥有这一切的。"

"我们能拥有全世界啊。"

"不，我们没办法。"

"我们可以去任何地方。"

"不，我们没办法。这已经不再属于我们了。"

"是我们的。"

"不，才不是。一旦被夺走，就再也拿不回来了。"

"但还没有被夺走啊。"

"等着瞧吧。"

"回来阴凉的地方吧，"他说，"你不准再乱想。"

"我没有乱想，"女孩说，"我就是知道。"

"我不要你勉强自己。"

"也不要我做对自己不好的事情，"她说，"我知道。我们能不能再喝杯啤酒？"

"好吧。但你得了解——"

"我够了解了，"女孩说，"难道不能先安静一下吗？"

他们坐回桌边，女孩远望河谷较干燥一侧的群山。男人看着她，有时看着桌子。

"你得了解——"他说，"我不会勉强你。如果这对你有重要意义，我愿意承受到底。"

"对你来说不重要吗？这段感情能走下去。"

"当然重要。但除了你，我不会再要其他人。我不要其他人。我知道这真的再简单不过了。"

"是啊，你知道这个再简单不过了。"

"你想这样说话也没有关系，但我真的确定。"

"你现在可以帮我做件事吗？"

"什么事我都愿意。"

"可以拜托拜托拜托拜托拜托拜托你闭嘴吗？"

他不再开口，注视着靠在车站墙边的行李袋。袋子上贴了许多标签，是他们在各个旅馆过夜后贴上去的。

"我不要你去了，"他说，"我根本不在乎。"

"我会尖叫给你看。"她说。

女人端着两杯啤酒，穿过门帘，把杯子放在两个潮湿的杯垫上。

　　　　　　　　　　　一个干净明亮的地方

"火车五分钟内就到。"她说。

"她说什么？"女孩问。

"说火车五分钟内就到。"

女孩朝女人灿烂一笑，聊表谢意。

"我最好还是把袋子提到车站另一边去。"男人说。她对他笑。

"好吧。回来后，我们就把啤酒喝完。"

他拿起两个沉甸甸的袋子，提着它们经过车站，走向另一段铁轨。他往铁轨远处望，没看见火车。回来时，他走进酒吧，其他等火车的乘客正在里头喝酒。他在吧台边喝下一杯茴香酒，顺便观察候车的人。他们都十分理性地等待火车进站。他穿过串珠门帘走出去。她正坐在桌边，朝他微笑。

"有没有舒服点儿？"他问道。

"我很好，"她说，"我没有毛病。我很好。"

雨中的猫

留宿旅馆的美国人只有两个。进出房门时在楼梯间遇到的人，他们一个也不认识。他们的房间位于二楼，面对海，也面对着楼下的公园和战争纪念碑。公园里有高大的棕榈树，还有几张绿色长椅。天晴时，画家们总会带着画架过来。

画家们喜欢棕榈树的姿态，也喜欢旅馆正对庭院、海洋、色彩明亮的这一面。意大利人愿意大老远过来，就为参观这座战争纪念碑。青铜制成的纪念碑，在雨中闪耀光辉。外头正在下雨，雨水自棕榈树滴落，在砾石小径上形成几处积水。雨中的海以一长线的阵式，从远方侵蚀海滩，滑落，又在雨中以一长线的阵式再起。战争纪念碑旁的广场，已经没有汽车停放了。广场对面咖啡店的服务生站在门口，凝望着空无一人的广场。

美国人的妻子站在窗边向外望。就在他们窗前正下方，有一只猫蜷曲身子，躲在滴着雨水的绿色桌子下。猫努力缩紧身体，不想淋到雨水。

"我要下楼去捡回那只猫咪。"美国太太说。

"让我来吧。"床上的丈夫要帮忙。

"不用了,我自己来。可怜的小猫咪还躲在桌子底下,害怕被淋湿。"

丈夫继续躺在床尾的两个枕头上看书。

"别淋湿了。"丈夫说。

太太下楼经过办公室的时候,旅馆主人起身向她鞠躬。他的书桌在办公室里。他是个高个子老人。

"Il piove."[1] 太太说。她挺喜欢旅馆主人。

"Si,si,Signora,brutto tempo.[2] 天气很糟糕。"

他站在阴暗办公室的书桌后方。太太喜欢他。她喜欢他听到抱怨投诉时,认真得要命的模样。她喜欢他的俨然姿态。她喜欢他总乐意为她效劳。她喜欢他对于自己是旅馆主人这身份的想法。她喜欢他那张苍老、严肃的脸以及一双大手。

喜欢他的她,打开门往外探。雨下得更大了。一个披着橡胶披肩的男人穿过空荡荡的广场,走到咖啡厅。那只猫应该在右边。或许她可以沿着屋檐走过去。她刚站

1　意大利语。"下雨了。"

2　意大利语。"是呀,是,太太,坏天气。"

到门口，一把雨伞就自她身后撑开。是负责照料他们房间的女侍者。

"你别淋湿了。"她微笑，说着意大利语。不用说，自然是旅馆主人遣她过来的。

在女侍者撑伞帮忙下，她踩过砾石小径，走到他们房间正下方。桌子就在那儿，上头的绿色在雨水刷洗下更显明亮，但猫咪不见了。她蓦地感到很失望。女侍者抬头看她。

"Ha perduto qualque cosa，Signora？"[1]

"本来有只猫。"美国女孩说。

"猫？"

"Si，il gatto."[2]

"一只猫？雨中的猫？"女侍者笑了。

"没错，在桌子底下。"然后她又说，"噢，我想要它，我好想要一只猫咪。"

当她说起英文时，女侍者绷着脸。

"来吧，Signora。我们进去吧。你会淋湿的。"她说。

1　意大利语。"少了什么东西吗，太太？"
2　意大利语。"对，猫。"

"也是。"美国女孩说。

她们沿着砾石小径回去，走进门。女侍者留在外头收伞。美国女孩经过办公室，旅馆主人自书桌后面对她鞠躬。女孩心里兴起一股既微小又紧束的感觉。旅馆主人让她觉得自己十分渺小，同时又非常重要。那么一瞬间，她几乎以为自己很了不起。她走上楼，打开房门。乔治还在床上看书。

"抓到猫了吗？"他问道，同时把书放下。

"跑掉了。"

"不知道会跑去哪儿。"他一边说，一边暂停阅读，让眼睛休息。

她坐上床。

"我好想要那只猫。我也不知道为什么那么想要。我好想要那只可怜的猫咪，她在外头淋雨可不好玩。"她说。

乔治又开始看书。

她往前走，坐在梳妆台大镜子前，透过手镜观看自己。她端详自己的轮廓，先看一边，再看另一边，然后端详自己的后脑勺还有颈部。

"你不觉得，要是我把头发留长，看起来会很棒吗？"她问道，再次看了看自己的轮廓。

乔治抬起头，看见她的脖子后方，头发剪得很短，像个小男生。

"这样子很不错，我喜欢。"他说。

"我觉得好腻。我受够了，我不想看起来像个小男生。"

乔治调整自己在床上的姿势。自她开口后，他一直凝视着她。

"你看起来真是美呆了。"他说。

她把手镜放在梳妆台上，走到窗边往外看。天色渐暗。

"我要把头发往后梳得又紧又光滑，在后脑勺上扎一个看得到摸得到的结。"她说，"我还要有一只猫坐在我的大腿上，我摸它的时候，它就会满足地呜呜叫。"

"是吗？"乔治从床上应声。

"而且我要用自己的餐具吃饭，还要点蜡烛。最好是在春天，我要对着镜子梳理头发，我要一只猫咪，还要几件新衣服。"

"噢，闭上嘴巴，找本书来读吧。"乔治说。他继续看书。

他的妻子正往窗外望。外头天色已黑，棕榈树间依旧有雨水落下。

"反正，我要一只猫，"她说，"我要一只猫。我现在就要一只猫。如果我现在没办法拥有长发，也没有其他乐子，那我至少要有只猫。"

乔治没听她说话，他正在阅读。他的妻子望着窗外广场上有光的地方。

有人敲门。

"Avanti."[1] 乔治说。他的视线离开书本。

女侍者站在门口。她把一只玳瑁猫紧紧抱在怀里，它扭动着。

"不好意思，"她说，"主人要我把这只猫带来给 Signora。"

1　意大利语。"进来。"

弗朗西斯·麦康伯

幸福而短暂的一生

午餐时刻，他们全坐在双层绿色帆布搭起的用餐帐篷里，假装什么事都没发生过。

"要不要来点莱姆汁或者柠檬水？"麦康伯问。

"我要一杯琴蕾[1]。"罗伯特·威尔逊答道。

"我也来杯琴蕾，我需要喝点儿什么。"麦康伯的妻子说。

"那就这样吧，"麦康伯附和道，"叫他上三杯琴蕾。"

餐厨小弟早已开伙准备。风吹过为帐篷遮阳的树林，拂上他自帆布保冷袋中取出的滚着退冰水珠的酒瓶。

"我该给他们多少钱？"麦康伯问。

"一英镑就够了。"威尔逊告诉他，"别宠坏他们。"

"领头会把钱分下去吧？"

"当然。"

半个小时前，人在营地边的弗朗西斯·麦康伯，被厨师、贴身仆人、剥皮师傅，还有脚夫们，用他们的肩膀和胳膊扛着，仿佛打了胜仗似的把他抬回他自己的帐篷。扛枪者们倒没有参加这场游行。这些当地男子在帐篷门

1　gimlet，鸡尾酒名称，由琴酒搭配莱姆汁调成。

口放下他之后，他还跟他们一一握手，接受他们的道贺，然后走进帐篷，坐在床上，直到他的妻子进来。她进门之后什么也没表示。他便立刻出了帐篷，就着外头的便携式脸盆洗手洗脸。接着走到用餐帐篷，坐上阴凉而舒适的帆布椅，吹着微风。

"你猎到狮子了，"罗伯特·威尔逊对他说，"还是一头他妈的猛狮。"

麦康伯太太瞥了威尔逊一眼。她的长相十分标致，身材也维持得宜。她的美貌与社会地位让她在五年前代言了一种她从未体验过的美容产品，不过是提供几张照片，就为她赚进五千美元。迄今，她与弗朗西斯·麦康伯结婚已经十一年了。

"挺猛的狮子，对吧？"麦康伯说。他的妻子这才正眼瞧他。她盯着眼前这两个男人，仿佛不曾见过他们。

其中一个是白种猎人，威尔逊；她发现自己从未仔细端详过他。他不高不矮，一头棕色黄发，蓄着短髭，一张脸红通通的，还有一双极为清冷的蓝眼睛。他微笑时，眼角会愉悦地泛起几条浅白色皱纹。他对她笑了笑，她则立刻撇过脸去，视线顺着他的肩膀弧线而下，看见他那件宽松上衣，而原本该是左胸口袋的地方，如今则挂上了四只绕成环状的大型弹匣。接着她看着他的棕色大手、老旧的宽松长裤以及那双肮脏不堪的靴子，最后再回到他那张红通通的脸上。她还发现他被晒红的脸上有道白线，白线围出的白色肌肤，就是他斯泰森牛仔帽的遮蔽范围。那顶帽子就吊在帐篷支柱的挂钩上。

"那么，敬那头狮子。"罗伯特·威尔逊说。他再次对她微笑，而她没有笑，只是好奇地看着自己的丈夫。

弗朗西斯·麦康伯个头儿很高，如果你不介意他那一副长长的骨架，他的身材应该称得上非常健美。他皮肤黝黑，头发理得跟划船选手一样短，唇形细薄，是公认的俊男。他和威尔逊穿着同款猎装，只是他身上这套比较新。三十五岁的男人仍努力维持体格，除了擅长场地球类运动[1]，还刷新了几回钓鱼大赛的纪录；但是，刚才，当着众人的面，他暴露出自己最懦弱的一面。

1　有专用球场的球类运动，如篮球、排球等。

"敬那头狮子。"他说,"你刚才挺身而出,我一辈子都会感谢你。"

他的妻子玛格丽特把视线从他身上移开,望着威尔逊。

"别再讨论那头狮子啦。"她说。

威尔逊敛起笑脸,迅速看了她一眼。这回她倒对着他笑了。

"今天怪事特别多。"她说,"你不是说,日正当中就算待在篷下,也得把帽子好好戴上吗?记得吧?"

"要戴上也可以。"威尔逊说。

"你知道你的脸很红吧,威尔逊先生?"她提醒他,再次微笑。

"是酒的关系。"威尔逊说。

"不是吧。"她说,"弗朗西斯也喝了不少,但他的脸就不会红。"

"今天很红了。"麦康伯试着说笑。

"不。"玛格丽特说,"今天脸红的是我。但威尔逊先生的脸总是红通通的。"

"那就是天生的了。"威尔逊说，"我看你老拿我的红脸当话题，你就这么不想放过我？"

"好戏才刚上场。"

"我们别说这个了。"威尔逊说。

"那就很难聊下去了。"玛格丽特说。

"别傻了，玛戈。"她的丈夫说。

"一点儿也不难。"威尔逊说，"不是猎了头猛狮嘛。"

玛戈看着他俩，而他俩也都察觉到她就快哭了。威尔逊不免担心，他早就知道事情会演变成这种局面。麦康伯则已过了担心的阶段。

"我真希望这事从没发生过。噢，真希望从来没发生过。"她说着，起身回自己的帐篷。她没有哭出声，但他们看见她那件玫瑰色遮阳衫下的肩膀正剧烈起伏着。

"女人老是心烦。"威尔逊对高个儿说，"根本没什么好烦的，却有事没事就发神经。"

"不。"麦康伯说，"我想我这辈子都忘不了这件事。"

"胡说。看看那头猛兽。"威尔逊说,"别放在心上。根本没什么。"

"我们尽量。"麦康伯说,"但我一定不会忘记你为我做过的事。"

"根本没什么。"威尔逊说,"少废话。"

营地驻扎在阿拉伯胶树的翠盖之下,他们坐在阴凉处,身后的峭壁缀着巨砾,一大片草地连绵至远处丛林前方满布卵石的河流。男孩们准备上菜,他们则喝着沁凉的莱姆汁饮料,闪躲对方的视线。威尔逊看得出来,这群小鬼全都知道了;当他看到麦康伯的贴身仆人边摆盘边以好奇的眼神盯着他的主人时,便飙着斯瓦希里语[1]骂他。那男孩一脸茫然,别过头去。

"你对他说了什么?"麦康伯问。

"没什么。叫他别一副死人样,不然就狠狠抽他个十五下。"

"什么?抽鞭子吗?"

"这可是违法的。"威尔逊说,"照理是该罚他们钱。"

1　原文为 Swahili,非洲语之一。

　　　　　　　　一个干净明亮的地方

"你还会抽他们鞭子？"

"哦，会啊。要是他们有话想说，大可和我大吵一架，但他们不会。他们宁愿挨鞭子也不想被罚钱。"

"真奇怪！"麦康伯说。

"一点儿也不奇怪。"威尔逊说，"你会怎么做？挨一顿鞭子，还是让工钱泡汤？"

这话一出口他便觉得不妥，于是赶在麦康伯回答之前说："我们每天都在挨揍，你知道的，只是形式不太一样。"

这话也好不到哪里去。"老天！"他想，"我难不成是个外交官？"

"没错，我们都在挨揍。"麦康伯说，仍然没看他，"狮子的事，我感到非常愧疚，不需要把事情搞大吧，对不？我是说，不会有人知道这事吧，嗯？"

"你是想问，我到马赛加俱乐部时，会不会把事情传出去？"现在，威尔逊冷冷地看着他。他没料到这个状况。所以，这家伙不仅是个该死的混账，还是个该死的懦夫啊，他想。今天之前，我都还挺喜欢这家伙，但谁搞得懂美国人到底在想什么？

"不会。"威尔逊说，"我们这种专业的猎人从来不讨论客户，你大可放心。不过叫我们闭嘴这种要求，实在不太礼貌。"

他当下决定干脆撕破脸吧。这样一来，他就可以一个人吃饭，一个人边看书边吃饭，就让他们自己吃自己的。打猎时，他还是会看顾他们，公事公办——法国人是怎么说的？高贵的体贴——比起收拾这种垃圾情绪，那样还轻松得多。他要羞辱他，和他彻底撕破脸，接着他就可以边看书边吃饭，并且"继续喝他们的威士忌"。这是形容狩猎活动不欢而散的专用词。要是你遇到另外一名白种猎人，开口问他："状况如何啊？"对方回答："哦，我还在喝他们的威士忌。"你就知道差不多玩完了。

"对不起。"麦康伯说，然后用那张到中年之前都一副乳臭未干的美国脸看着他。威尔逊这才注意到他服帖的短发、眼神飘忽的漂亮眼睛、高挺的鼻子、薄唇和英

一个干净明亮的地方

俊的下巴。"对不起，我不知道这一点。有很多事情我都不懂。"

所以是要怎样，威尔逊心想。他本来都准备好要一刀两断的，但这个浑球在侮辱他之后，竟马上开口道歉了。他又再度开炮："不用担心我会到处宣传。我还要赚钱糊口呢，你知道吗，在非洲没有一个女人会放过她的狮子，也没有任何白种男人会临阵脱逃。"

"我刚刚就像只兔子似的逃跑了。"麦康伯说。

当一个男人讲出这种话时，你他妈到底该拿他怎么办？威尔逊思索着。

威尔逊以他那双如机枪手般冷静的蓝眼睛看着麦康伯，麦康伯则对他报以微笑。要是你没发现麦康伯眼神里的受伤情绪，你会觉得他笑得可真开心。

"或许我能靠野牛扳回一城。"他说，"接下来要猎野牛，对吧？"

"要猎野牛的话，可以早上出发。"威尔逊告诉他。或许是他错了。他也只能这样想。谁摸得透美国人的鬼心思呢？他又愿意帮麦康伯了。如果你可以把今早的事忘掉。但，当然哪，你忘不了。早上的事真是糟糕透顶，已经无法挽回了。

"夫人来了。"他说。她从帐篷里走出来，神采奕奕，非常可爱。那张鹅蛋脸完美到你会以为她应该是个笨蛋。可她一点儿也不笨，威尔逊想，不，一点儿也不笨。

"美丽的红脸威尔逊先生，你好吗？我的宝贝弗朗西斯，好多了吧？"

"哦，好多了。"麦康伯说。

"我把整件事都放下了。"她说着，就桌而坐，"弗朗西斯擅不擅长猎狮子，这又有什么要紧呢？他又不吃这行饭。那是威尔逊先生的职业嘛。真是厉害啊，杀光任何东西的威尔逊先生。你什么都杀得了，对吧？"

"是的，什么都杀得了。"威尔逊说，"什么都杀。"她们是这世上最冷酷的物种，他想，最冷酷、最残酷、最具掠夺性，同时也是最具吸引力的物种；她们强硬的时候，她们的男人就变得软绵绵的，甚至紧张得魂不附体。

一个干净明亮的地方

还是说，她们专挑容易控制的男人？她们结婚时才几岁，不可能懂这么多，他想。他很庆幸自己在此之前已经将美国女人这门学问研究完备，毕竟眼前这个女人可是充满了吸引力。

"我们早上要去猎野牛。"他告诉她。

"我也要去。"她说。

"你不能去。"

"噢，我要去，就是要去。弗朗西斯，我不能去吗？"

"留在营地不好吗？"

"死都不要。"她说，"说不定还会发生今天的事，我可不想错过。"

她离开后，威尔逊想，这女人回帐篷去哭的时候，那模样多么动人啊！她似乎全然体谅、理解，因为明白事情的真相，而理解他或她自己所受的伤害。前后不过隔了二十分钟，她一回来，竟已披上美国女人的残酷性情。这种女人最要不得了。真的，真的糟透了。

"我们明天会为你准备其他娱乐的。"弗朗西斯·麦康伯说。

"你不能跟。"威尔逊说。

"这误会可大了。"她告诉他,"我很想再看你表演一次。今天早上你那样的表现就是最有趣的娱乐,假如把什么东西的头一枪轰烂,算是种有趣的表演。"

"午餐好了。"威尔逊说,"你兴致挺好,对吧?"

"当然啦!就是怕无聊,我才过来的。"

"嗯,这里是挺有趣的。"威尔逊说。他能看见河里的巨砾、远处丛树相伴的河岸,然后他想起今天早上的事。

"对啊。"她说,"到目前为止都很有意思。还有明天,你不晓得我有多期待明天。"

"这道菜是大羚羊肉。"威尔逊说。

"就是那个看起来像牛,还跟兔子一样跳来跳去的大家伙,对吧?"

"你要这样描述也没错。"威尔逊说。

"这肉很鲜美。"麦康伯说。

"这是你猎到的吗,弗朗西斯?"她问。

"是啊。"

"它们不危险，对不对？"

"除非它们跳到你身上。"威尔逊告诉她。

"那我真该谢天谢地。"

"能不能稍微收敛一下你的贱嘴，玛戈？"麦康伯一边说，一边切着大羚羊排，并朝插着羚羊肉块的叉子上加了马铃薯泥、肉汁和胡萝卜。

"应该可以。"她说，"毕竟你都这么好声好气地要求了。"

"今晚我们就为那头狮子开瓶香槟吧。"威尔逊说，"中午太热了。"

"噢，狮子。"玛戈说，"我都忘了狮子了。"

所以，罗伯特·威尔逊心想，她是在耍他吧，是这样没错吧，还是你觉得她故意要演出好戏？女人一旦发现自己老公是该死的懦夫时，应该如何自处？她真是够残忍的，不过她们都一样狠。她们扮演统治者的角色，而要统治他人，当然啰，有时候就是得残忍点儿。还是那句老话：她们那该死的恐怖主义我已经见多了。

"再来点儿羚羊肉吧。"他客气地对她说。

向晚时分，威尔逊、麦康伯和当地司机以及两名扛枪手乘车出门，麦康伯太太则留在营地。热得不想出门，她说，况且隔天一大早还得跟他们一起出发。当车驶离营地时，威尔逊看见身穿淡玫瑰色卡其装，将深色头发从额头往后梳理，在颈背处系了一枚结的她站在大树下，那模样与其说是美丽，还不如用美好来形容。她的气色很好，他想，仿佛她正身在英国一样。她朝他们挥手道别，看着车子越驶越远，穿过了高草繁茂的沼泽地，绕弯越过树林，进入种满果树的小丘。

他们在果树林发现一群黑斑羚，下了车后追起一只老公羊。公羊的犄角又长又弯，它与麦康伯相隔两百码[1]，仍被他一枪毙命，还使那群黑斑羚顿时四处乱窜。它们跨过对方的背，张腿一跃的动作轻盈得不可思议，那是人们偶尔在梦中才能办到的，就如同飘浮起来一样。

"这枪射得好。"威尔逊说，"标靶很小啊。"

---

1   英美制长度单位，1 码约合 0.9 米。——编辑注

"这一头值得猎吗?"

"非常值得。"威尔逊告诉他,"以后都照这样开枪,绝对没问题。"

"你觉得我们明天找得到野牛吗?"

"概率很大。野牛群早上会出来觅食,运气好的话,我们能在旷野中猎到。"

"我想要一次解决那头狮子带来的阴影。"麦康伯说,"让自己老婆看到那种情况,真叫人不愉快。"

管你老婆在不在场,干了就干了,老把这事挂在嘴边,才叫人更不愉快吧。威尔逊心里想,但他这样回答:"换作我,就不会再想这件事了。生平第一次碰到狮子,谁不慌?反正都过去了。"

夜里,弗朗西斯·麦康伯用餐后,就着炉火喝了威士忌和苏打水。还不到就寝时间,他人已经躺上罩着蚊帐的帆布床,倾听夜的声音,他知道事情尚未结束。事情还未结束,却也不是正要开始,而是停留在事件发生时的状态,其中某些片段更在他心中留下不可磨灭的痕迹,使他羞愧万分。但比起羞愧，他感受更深的是一股冰冷、空洞的恐惧在心里蔓延。恐惧仍在，就像个黏润湿滑的黑洞，占据、侵蚀了他内心储存自信的角落，让他恶心想吐。直至此刻，恐惧仍在。

就在昨夜，他从睡梦中醒来，听见河流上游处传来狮子的怒吼声后，恐惧自此成形。那吼声十分低沉，尾声还伴着一种类似咳嗽的呼噜声，仿佛他就在帐篷外，夜半醒来却听到这样声音的弗朗西斯·麦康伯，不由得害怕起来。他听见妻子轻柔的呼吸声，她已经熟睡。此刻，无人看出他心中的恐惧，也没有人陪他一起害怕。独自躺着的他，也没听过索马里人的谚语："一名勇者会被狮子吓上三回：第一次发现对方的脚印，第一次听到狮吼，以及第一次与狮子正面较量。"然后在旭日初升之前，他们就着小灯在用餐帐篷吃早餐时，那头狮子又吼了。这一回，弗朗西斯认为这狮子已经来到营地边。

"听起来应该是头老家伙。"罗伯特·威尔逊说着，并从他的鲱鱼和咖啡中抬起头来，"你们听他咳嗽的声音。"

"他离得很近吗？"

"大概在河上游一英里[1]处吧。"

"我们会见到他吗？"

"可以去找找。"

"他的吼声能传那么远？听起来好像他就在营地里。"

"能啊，远得要命咧。"罗伯特·威尔逊说，"不过能传这么远也倒是奇怪，希望是头好猎的小猫。小鬼们说，这附近有一头很大的。"

"如果有机会开枪，我该瞄准哪里，"麦康伯问，"才能阻止他？"

"打他的肩膀。"威尔逊说，"如果打得准，就射脖子。射进骨头，把他弄倒。"

"希望我能射准。"麦康伯说。

"你射得很准。"威尔逊告诉他，"慢慢来，先瞄准再说。第一枪就命中才有意义。"

"距离多少？"

"不一定，要看狮子在哪儿。除非他进入你有把握的

1　英美制长度单位，1英里约合 1.6 公里。——编辑注

射程范围，否则千万别开枪。"

"少于一百码？"麦康伯问。

威尔逊瞥了他一眼。

"差不多一百码，但还是得在近一点儿的地方把他击倒。别想在超过百码的位置赌一发。一百码是理想射程，想朝他哪边打都瞄得准。夫人来了。"

"早安。"她说，"我们要去追狮子了吗？"

"就等你把早餐吃完。"威尔逊说，"现在感觉如何？"

"棒极了！"她说，"我好兴奋。"

"我看看他们准备好了没。"威尔逊离开。他前脚一踏，狮子又吼了。

"吵死人的家伙。"威尔逊说，"我们会教你闭嘴的。"

"怎么啦，弗朗西斯？"他的妻子问他。

"没什么。"麦康伯说。

"有就有。"她说，"你在烦什么？"

"没什么。"他说。

"告诉我吧。"她看着他，"你哪里不舒服吗？"

"是那该死的吼声。"他说，"一整个晚上吼个不停，你知道。"

"你怎么不叫醒我？"她说，"我也想听听看。"

"我一定要干掉那该死的东西。"麦康伯说话的语气听起来很悲惨。

"嗯，这不就是你到这儿来的原因吗？"

"是啊，但我很紧张。一听见那东西乱吼，我就神经紧绷。"

"既然如此，就照威尔逊说的，除掉他，让他别想再吼。"

"好啊，亲爱的。"弗朗西斯·麦康伯说，"听起来挺容易，对吧？"

"你该不会怕了吧？"

"当然没有。我只是听他吼了一整晚，有点儿神经紧张。"

"你一定会干净利落地杀死他。"她说，"我知道你行的。我很想亲眼看看这场面！"

"把早餐吃完，我们就出发吧。"

"天还没亮。"她说，"这个时间真是不上不下。"

就在此刻，那头狮子从胸腔深处发出低沉呻吟，呻吟又瞬而转为喉音，声波振动越来越强，仿佛就要摇撼天际，最后这吼叫化为一声叹息以及发自胸腔深处的低沉呼噜。

"听起来好像就在我们身边呢。"麦康伯的妻子说。

"我的老天。"麦康伯说，"我恨透那该死的声音了。"

"真是让人难忘。"

"难忘啊。可怕得令人难忘。"

罗伯特·威尔逊来了，还扛着他那又短又丑、口径大得惊人的 .505 吉布斯弹匣，露齿而笑。

"来吧！"他说，"帮你搬枪的人扛了你的春田步枪，连那把大枪也带了。东西都上车了。你有实心弹吗？"

"有。"

"我也好了。"麦康伯夫人说。

"一定要让他闭嘴。"威尔逊说，"你坐前座，夫人可以和我一起坐后座。"

爬上车后，一行人便在破晓的灰色光线下，驶过树丛来到河的上游。麦康伯打开来复枪后膛，看到里头已装有金属弹壳的子弹，接着再上保险栓。他看见自己的手在发抖，他摸摸口袋，确认里头有更多子弹，然后将手指移到上衣正面那圈子弹上头。他转头望向坐在这辆无门、车身犹如方盒的车子后座，威尔逊和他妻子并肩坐着，这两个人兴奋地咧着嘴笑。然后威尔逊倾身对他轻声说道：

"你看鸟低飞了。这表示那个小老头儿已经远离他的猎物。"

麦康伯看见远方小溪的岸边，秃鹰正在树丛上方盘旋，然后向下俯冲。

"他可能会来这边喝水。"威尔逊低声说，"在他倒头大睡之前，绝对要警戒。"

溪水冲刷着布满砾岩的河床，他们就沿着溪水的高处缓缓前进，然后车子开进高耸的树丛，在林间兜来转去。麦康伯凝视着对岸，此时，威尔逊捉住他的手臂。车子停下来了。

"他在这边。"威尔逊低声告诉麦康伯，"右前方。下车，抓他去吧，这是头好狮子。"

麦康伯终于看到狮子了。他侧身站着，抬起硕大的头转身面对他们。吹拂着他们的清晨微风，也抚上他深色的鬃毛。这庞然巨物站在岸边高处，灰白的天光映照出他的轮廓，他的肩膀宽实，躯干庞大，线条优美。

"他离我们多远？"麦康伯问道，并举起手上的来复枪。

"大概七十五码。下车去解决他。"

"为什么不在这里开枪？"

"没有人会在车上开枪。"威尔逊凑近他的耳边说。

"快下车，他不会整天待在那儿。"

麦康伯从前座旁的弧形凹口下去，踩上台阶踏到地面。狮子依然威风凛凛地站着，沉稳地望着眼前这个巨大的犹如超级大犀牛的剪影。风里没有掺上人的气味，他望着剪影勾勒出来的东西，轻轻摇晃自己硕大的头颅。他盯着那东西瞧，毫无惧意，只是在想，是否该走到岸边 ——
在和那家伙面对面的状况下 —— 喝水，所以迟迟未迈开
脚步。他看见一个人影从那家伙的剪影中分裂出来，随
即将他的大头往旁边一转，大摇大摆地朝着树林的遮蔽
处走去。就在那一瞬间，他听见有什么东西碎裂了，同
时发现一颗重 220 格令[1]的 .30-06 实心弹咬破他的侧腹。
那股灼热痛楚，带着令他作呕的恶心感从胃部直往上涌，
就要撕裂他的内里。他拖着受伤的肚腹迈出沉重的步伐，
笨重的大脚歪歪斜斜地穿过树林，来到满是高草的遮蔽
处。"砰" —— 那爆裂声与他错身而过，划开他身旁的空
气。接着又响了一声，然后他的肋骨下方挨了一记重击，
忽然一阵痛楚袭来，带沫的炙热血液在口腔里漫开，他
往前方的高草狂奔 —— 那是理想的匿身之所，只要蜷伏
在里头，他们就不得不带着那会发出爆裂声的东西前来，
等到距离够近，他便要一跃而出，逮住握着那东西的死
家伙。

麦康伯下车时，并不知道那头狮子的想法。他只知

1　英美制最小的质量单位，1 格令约合 64.8 毫克。

道自己双手颤抖，当他离车子越来越远时，两条腿已几乎不能动弹。他的大腿僵硬，但他能感觉到肌肉的颤动。他举起来复枪，瞄准狮子头部与肩膀的接合处，扣下扳机。一点儿动静也没有——他紧扣扳机，直到感觉自己的手指快要断了才发现还没拉开保险栓。他于是放低来复枪，要解开保险栓。此时，原本无法动弹的他不经意往前迈了一步，那头狮子一见他的剪影脱出车影，遂转头迈步小跑。麦康伯开枪了，听到一记闷响，表示子弹已安然命中，但狮子并未停下脚步。麦康伯又开了一枪，在场每个人都看见那发子弹在快步跑的狮子后方掀起一阵尘埃。再来一枪，这回他记得压低瞄准点，接着大家都听到中弹的声音，而狮子开始奔跑，不等他推回枪栓，便一头钻进高草里。

麦康伯伫立在原地，胃里一阵恶心，双手依然紧握他那把春田步枪，颤抖不已。他的妻子和罗伯特·威尔逊则站在他身边。那两个帮忙扛枪的人也在，他们正用瓦卡姆巴语[1]交谈着。

1　原文为 Wakamba，非洲语之一。

"我射中他了。"麦康伯说,"射中他两次。"

"你先射中他腹部,然后又射到前面什么地方。"威尔逊说。他提不起劲儿。扛枪的人面色凝重,不发一语。

"你本来可以解决他的。"威尔逊继续说,"我们得在这里等一会儿,然后再进去找他。"

"什么意思?"

"让他变得更虚弱一点儿,我们再去追他。"

"噢。"麦康伯说。

"他可猛咧。"威尔逊爽朗地说,"只是他钻进了很麻烦的地方。"

"怎么说?"

"除非你离他很近,否则你根本看不见他。"

"噢。"麦康伯说。

"来吧。"威尔逊说,"夫人就留在车上吧。我们沿着血迹进去找。"

"玛戈,你待在这儿。"麦康伯对妻子说。他觉得口干舌燥,说话困难。

"为什么？"她问。

"威尔逊交代的。"

"我们要进去查看。"威尔逊说，"你留在这里。在这边反而可以看得更清楚。"

"好吧。"

威尔逊用斯瓦希里语跟司机说话。他点头说："是，Bwana[1]。"

接着他们走下岸边的陡坡，横渡溪流，爬过那些巨砾，登上对岸，沿途抓着凸起的树根往前走呀走，直到他们发现麦康伯开第一枪时，那头狮子走动的地方，才停下脚步。扛枪者用草茎指着草上的深色血迹，那血迹一路延伸到岸边的树林里。

"我们该怎么办？"麦康伯问。

"也不能怎么办。"威尔逊说，"车子开不上去，岸边的路太陡了。等他不大能动了，你和我再进去找他。"

"不能直接放火烧草吗？"麦康伯问。

"草还太嫩。"

1 　某些非洲地区使用的尊称语，意近先生、主人。

"那派助手把他赶出来呢？"

威尔逊估量着眼前这个男人。"当然可以。"他说，"但那是谋杀。你想想，我们都知道狮子已经受伤。你可以驱赶一头没有受伤的狮子，让他随着声响移动，但一头受了伤的狮子只会朝人扑。除非你离他很近，否则你根本看不到他。他整个身体会往下趴，完全趴平哦，想不到吧，一个连兔子都藏不住的地方，竟然躲了一头狮子。你可不能把这群小鬼送进那种场面，会见血的。"

"那扛枪的人呢？"

"哦，他们会和我们一起去。这是他们的 shauri[1]。你也知道，他们签约了。你看他们脸色不太好，对吧？"

"我不想进去。"麦康伯下意识说出口。

"我也不想，"威尔逊兴奋地说，"但没有别的办法。"他看了麦康伯一眼，这才发现他浑身发抖、一脸可怜相。

"当然啦，你不需要进去。"他说，"不就是因为会出这种状况，你们才雇用我的吗？对吧？所以我才会那么贵啊。"

---

[1] 斯瓦希里语。事情、工作。

"你说你要一个人进去？就让他在那儿待着，不行吗？"

罗伯特·威尔逊的工作就是要解决狮子和狮子造成的麻烦。他从未想过麦康伯的事，顶多觉得他废话连篇；但如今，他突然觉得自己像是进了旅馆开错了门，看到了不该看到的羞耻画面。

"什么意思？"

"为什么不放他一马？"

"你是要我们假装没有打中他？"

"不是。就放他去啊，不要理他。"

"事情还没结束。"

"为什么？"

"第一，他现在一定很痛苦。第二，可能会有其他人碰到他。"

"我懂了。"

"你不想去的话也没关系。"

"我想去。"麦康伯说，"我只是害怕，你知道的。"

"等会儿进去的时候，我走前面，"威尔逊说，"孔戈尼殿后。你就跟着我，稍微靠旁边走。我们可能会听到他的吼声。一看到他，我们就同时开枪。不需要顾忌什么，我会支援你。其实啊，你知道，或许你就别一道来，这样可能比较好。要不你回后头去陪夫人，交给我收尾如何？"

"不，我想去。"

"好吧。"威尔逊说，"但如果你不想来，也不要勉强。因为这是我的 shauri，懂吗？"

"我想去。"麦康伯说。

他们坐在树下抽烟。

"我们在这边等，你要不要先回去和夫人说几句话？"威尔逊问。

"不用。"

"那我过去一下，请她耐心等。"

"好。"麦康伯说。他坐在那儿，腋下出汗，口干舌燥，胃里头一阵空虚。他想要鼓起勇气叫威尔逊自个儿搞定那头狮子就好，不用管他。他根本不知道威尔逊正在气头上，因为那时候的他还没察觉自己的处境，反倒让他回头去找玛戈。威尔逊回来时，他还坐在原处。"我帮你把大枪拿来了，"他说，"拿好。我看我们已经给他够多时间了。出发吧。"

麦康伯接过大枪，然后威尔逊开口说：

"跟在我右后方大概五码的位置，按照我的指示行动。"然后他操着斯瓦希里语，对着那两个满脸忧郁的扛枪者说话。

"走。"他说。

"我可以先喝口水吗？"麦康伯问。威尔逊向腰带上挂着水壶、较年长的扛枪人说了几句话。他解下水壶，旋开壶盖，将水壶交给麦康伯。麦康伯接过水壶才发现这东西竟然那么重，包裹着水壶的套子触感毛茸茸的，很粗糙。他举起水壶喝水，看着眼前一片高高的野草，再眺向野草后头顶端平整的树林。一阵微风拂过，野草摇曳。他看见那名扛枪者的脸因恐惧而扭曲了。

大狮子平躺在深入草丛三十五码的地方。他耳朵往后竖起，唯一的动作是轻轻挥动那条长长的黑毛尾巴。一找到这个遮蔽处，他便进入备战状态，圆滚肚腹上的枪伤已经让他十分痛苦，肺部破裂的枪伤则害他每一次呼吸，嘴里都会渗出带沫的血，他越来越衰弱了。腹部两侧又湿又热，实心弹穿过他褐色毛皮而留下的小伤口还招来了苍蝇。他的黄色大眼充满恨意，紧紧盯视前方，只有呼吸引起的疼痛发作时才会眨眼。他的爪子则凿进松软温热的土壤。他全身上下的疼痛、不适、仇恨，还有他剩下的力气全都绷得紧紧的，凝缩成最后一搏的力量。他听见了那些人的声音，于是聚精会神地等待着，准备在那群人进入草丛的那一刻，飞身猛扑。他发现他们的动静时便竖起尾巴，上下挥动；而当他们来到草丛边时，他便发出咳嗽般的呼噜声，扑了上去。

那位较年长的扛枪者孔戈尼带头负责查看血迹走向，威尔逊则注意有无任何风吹草动。他的大枪已上膛，随时可以射击；另一名扛枪者往前观望，仔细倾听。麦康伯则紧紧跟着威尔逊，手指扣着来复枪的扳机。他们才踏进草丛，麦康伯就听见噎着血的呼噜声，看到草丛唰地动了一下。接下来他只知道自己正拔足狂奔，发了疯地狂奔，在旷野中的他惊慌失措，朝着溪流的方向逃去。

他听到威尔逊那把大来复枪"咔啦——轰"地开火，接着是一声炸裂开来的"咔啦——轰"。他转过身去，看见狮子已伤得惨不忍睹：他的半边脑袋被轰掉了，却依然拖着身子爬向草丛边的威尔逊。这位红脸男子拿出那把丑陋的短来复枪，推好枪栓，仔细瞄准后又补了一枪，"咔啦——轰"。子弹由枪口炸出，而原本拖着沉重身躯在草地上爬行的浅棕色大狮子，就此一命呜呼，不再动弹，只有那颗被枪弹打开花的大头往前一倾。方才还在狂奔的麦康伯如今独自站在旷野上，紧握着上膛的来复枪，这才明白那头狮子死了。同行的两个黑人还有那一个白人回过头来，轻蔑地看着他。他走向威尔逊，事到如今，他那人高马大的身材竟成了一道赤裸的谴责。威尔逊看着他，问道：

　　　　　　　　　　　一个干净明亮的地方

"要拍照吗？"

"不用了。"他说。

在往车子方向走的途中，没有任何人开口。然后威尔逊说：

"这狮子真他妈厉害。小鬼们一定会把他的皮剥下来的，我们就在树荫下等着吧。"

麦康伯的妻子正眼也不瞧他一下，他也不想看她。他俩就这样坐在后座，威尔逊在前座。没看着妻子的他伸手握住她的手，她却把手抽开。他从车上望向溪流的彼岸，看见扛枪的两人正剥着狮子的皮，他才明了原来她早就看到事情发生的全部经过了。他们就这么坐着，然后他的妻子往前靠，将一只手放在威尔逊的肩膀上。他转过身，而后座的她将身子往前凑，亲了他的嘴。

"哦，我说这……"威尔逊说。他原本就晒得红通通的脸，变得更红了。

"罗伯特·威尔逊先生，"她说，"英俊的红脸先生罗伯特·威尔逊。"

她坐回麦康伯的身边，然后别过头去观看对岸的情况。那头狮子就躺在那儿，遭两名扛枪黑人剥皮之后，白色肌肉和肌腱外露的赤裸前腿，笔直地立着，白色肚子也依旧鼓胀着。终于，他们带着又湿又重的皮回来了。他们先把皮卷好才爬上车子的尾部，然后汽车发动了。回到营地之前，没有人多说一句话。

　　这就是那头狮子的故事。麦康伯不知道那头狮子最后是抱着什么样的心情奋力一扑，也不知道当 .505 子弹带着极高的枪口初速、重达两吨的冲击力道杀进他的口中时，他有什么感觉，更不会明白当他的后腿被打得稀巴烂，再度承受撕裂痛楚后，究竟是什么支撑着他，就算用爬的也要抓住那把发出爆裂响声的致命武器。威尔逊知道，不过，他只会用这句话带过："妈的，这狮子太猛了。"麦康伯同样也不会知道威尔逊的想法，或他妻子的想法——他只知道她和他已经玩完了。

　　妻子和他闹翻过，但总是很快就没事。他相当富有，而且只会越来越有钱。他知道现在她是不可能离开他的，这是他真正知道的少数几件事之一。这他懂，他也懂摩托车——那是他最早弄懂的东西——他懂汽车、猎鸭、钓鱼、鳟鱼、鲑鱼和大海，也懂书里的性爱，他能读懂很多书，太多太多书了。他还懂所有运动场上的球类比赛，懂狗，不太懂马，懂得守住钱财的方法，熟悉他那个圈子里大部分的进退之道，还晓得妻子不会离开他。她曾经是个绝世美人，如今到非洲也还是个美人，只是她的美在家乡已不再绝世，她已失去离开他让自己过得更好的本钱，这事她心知肚明，他也了然于胸。她已经错过离开他的最佳时机了，这点他清楚得很。要是他追求女人的手段再高明些，她或许会担心他讨个美丽的小老婆；但她对他的性情了如指掌，根本不会去操那个心。他还擅长忍气吞声，如果这不是他最不幸的弱点，那就似乎是他最大的优点。

总之，他们被公认为相对幸福的夫妻，就是那种决裂的流言蜚语传得沸沸扬扬，到头来也只是流言蜚语的夫妻，亦如某位专写上流社会的专栏作家所说：为了替他们那段备受羡慕、恒久不渝的罗曼史增添大量冒险情趣，他们远赴众所周知的"黑暗大陆"进行一场狩猎之旅。在马丁·约翰逊夫妇¹将他们追猎的狮子"老辛巴"、野牛、大象"谭伯"的影像搬上大荧幕，为美国自然历史博物馆搜集标本前，这片非洲大陆是全世界最黑暗的地方。这位专栏作家过去至少报道过三次他俩濒临决裂的消息，当时两人的关系也的确如此，但他们总会和好。他俩的婚姻基础打得十分稳固。玛戈美到麦康伯无法跟她离婚，麦康伯有钱到玛戈离不开他。

不再想狮子的弗朗西斯·麦康伯终于入睡了，不一会儿却又醒了过来，然后再度睡去。约莫凌晨三点钟，他忽然被梦惊醒。在梦里，那只满头是血的狮子就站在他的面前，他听着自己剧烈的心跳，这才发现妻子并不在帐篷内另一张帆布床上。他惦记着这件事，两个小时没合眼。

这两小时刚过，他的妻子走进帐篷，掀开她的蚊帐，然后惬意地爬上床。

1   早期赴非洲拍摄自然景观的美国夫妇。

"你上哪儿去了？"麦康伯在一片漆黑之中质问自己的妻子。

"哈喽。"她说，"你还醒着？"

"你上哪儿去了？"

"只是到外面透透气。"

"透气？你骗鬼。"

"那你要我说什么，亲爱的？"

"你上哪儿去了？"

"出去透透气。"

"这借口还真新鲜。你这贱女人。"

"是呀，你这懦夫。"

"没错。"他说，"那又怎样？"

"不怎么样，你高兴就好。拜托，别说了，亲爱的，我好想睡觉。"

"你以为我什么都可以忍受是不是？"

"你会啊，宝贝。"

"哼，这次我不会再忍了。"

"拜托，亲爱的，不要说了。我很想、很想睡觉。"

"你说过不会再发生这种事情。你答应过我的。"

"那现在就是发生了。"她甜美地说道。

"你说过只要我们这次出来旅行，就绝对不会再发生这种事。你答应过我的。"

"是的，宝贝。我本来也是这么打算的，但这趟旅程昨天就毁了。我们别再讨论这件事了，好吗？"

"只要有甜头，你一刻也不愿意错过，对不对？"

"别再说了，拜托，我很困，亲爱的。"

"我就是要说。"

"那你继续说，不用管我，我要睡了。"然后她果真睡着了。

天未明，他们三人已在餐桌用餐。弗朗西斯·麦康伯觉得，他对罗伯特·威尔逊的恨意，比他之前对其他人产生的恨意还要强烈。

"睡得好吗？"威尔逊边以他低沉的喉音问候，边填装烟斗。

"你睡得好吗？"

"好极了。"白种猎人回答他。

你这个混账，麦康伯心想，你这个无耻的混账东西。

原来她回去时吵醒他了，威尔逊心想，并用他冷淡的眼神注视他们。哎呀，他为什么不管好自己的老婆呢？把我当成什么啦？一个该死的圣徒像？他应该管好自己的老婆，别让她乱跑。这都是他的错。

"你觉得我们会找到野牛吗？"玛戈问。她推走眼前那盘杏子。

"有可能。"威尔逊对着她微笑，"你干吗不待在营地？"

"死都不要。"她对他说。

"你要不要命令她留在营地呢？"威尔逊问麦康伯。

"你自个儿命令她。"麦康伯冷冷地说。

"少命令来命令去了，也不要——"玛戈转向麦康伯，用愉悦的口气继续说，"犯傻啦，弗朗西斯。"

"准备好要出发了吗？"麦康伯问。

"随时都可以。"威尔逊对他说，"你想要夫人同行吗？"

"我想或不想又有什么差别？"

我管你呢，罗伯特·威尔逊心想。我他妈管你呢。事情就是会演变成这个样子。唉，终于走到这一步了。

"没有差别。"他说。

"你确定你不想留下来陪她，我自己出去猎野牛就好？"麦康伯问道。

"我不会干这种事。"威尔逊说，"如果我是你，就不会乱讲话。"

"我不乱讲话的。我只是觉得很恶心。"

"恶心不是什么好话吧？"

"弗朗西斯，拜托你讲点儿道理好吗？"他的妻子说。

"我他妈还不够讲理？"麦康伯说，"你吃过这么肮脏的东西吗？"

"食物有问题吗？"威尔逊低声问。

"和其他事情相比也不算太严重。"

"我劝你镇定一点儿，火爆浪子。"威尔逊压低声音说，"那个服务生听得懂一点儿英文。"

"叫他去死。"

威尔逊起身，抽着他的烟斗溜达走了，他用斯瓦希里语对站在一旁等他的扛枪者说话。麦康伯和他的妻子还坐着。他瞪着自己的咖啡杯。

"亲爱的，要是你再无理取闹，我绝对会离开你。"玛戈小声地说。

"你不会离开我的。"

"你可以试试看。"

"你不会离开我的。"

"好。"她说，"我不会离开你，那你规矩一点儿。"

"规矩一点儿？瞧你说的。你要我规矩一点儿？"

"没错，你要规矩一点儿。"

"为什么不是你规矩一点儿？"

"我一直都在努力啊，努力很久很久了。"

"我恨那头红脸猪哥。"麦康伯说，"我看到他就火大。"

"他人真的很好。"

"噢，你给我闭嘴。"麦康伯几乎是用吼的。此时车开过来了，并在用餐帐篷前停下，司机和两个扛枪者下车。威尔逊走过来，看着坐在餐桌前的那对夫妻。

"出发吧？"他问。

"当然，"麦康伯一边说，一边站起身，"当然。"

"最好带件羊毛衫。在车上会有点儿冷。"威尔逊说。

"我去拿皮外套。"玛戈说。

"小鬼拿了。"威尔逊对她说。他和司机上了前座，弗朗西斯·麦康伯和他的妻子则坐在后座，两人不发一语。

希望这可怜的笨蛋，不会想要从后座把我的脑袋给轰了，威尔逊自忖。带女人来打猎，真是自找苦吃。

在昏灰的晨光下，车子嘎嘎地碾过路面，往下开，渡过满布鹅卵石的浅滩，再爬坡转进陡峭河岸，开上威尔逊前一天交代下面的人铲出的路，这样他们才有办法抵达远方那一大片长满树木、绿意盎然的郊野。

真是个舒服的早晨，威尔逊想。露水湿重，当轮胎轧过野草或矮花丛，他还闻得到草叶碾碎后接近马鞭草的香味。汽车开进荒无人迹的郊野，他则一路享受着清晨露水和碎蕨的气味，欣赏着映在清晨雾气中的漆黑树影。他已经将后座那两个人抛诸脑后，一心想着野牛。他想猎的那头野牛白天躲在沼泽地带，根本无从下手，但晚上牛群会移动到旷野上觅食。如果他能开车拦截从沼泽出发的牛群，麦康伯就有机会在空旷的地方猎到他们。他不想和麦康伯在满是遮蔽物的地方猎水牛。管他是水牛还是什么东西，他一点儿都不想和麦康伯合作，但他是名职业猎人，也曾和几个少见的怪人一起狩猎过。如果他们今天猎到野牛，那就只剩下犀牛了，然后那个可怜虫就可以结束这一场危险游戏，让事情告一段落。他不会再和那女人有任何瓜葛，麦康伯说不定也能够熬过去。看他那副模样，想必已经遇过这种事很多次了。可怜的家伙，他一定有办法熬过去的。唉，这是那个可怜虫自己的错。

罗伯特·威尔逊这个男人狩猎时会携带一张双人帆布床，好应付旅途中可能出现的意外收获。他曾接过一组特定的狩猎团，客户来自世界各地，个个行动敏捷、喜爱运动，只是里头的女客户老觉得非得和白种猎人睡同一张床，否则就亏本了。尽管当时他曾经对其中几个女人颇有好感，不过独处时，他又瞧不起她们。但是在商言商，一旦受雇于人，他就会依对方的要求办事。

他们怎么说，他就怎么做，只有一件事除外：狩猎。关于杀戮，他自有一套准则，他们要么按照他的标准打猎，要么就另请高明。他也知道自己是因为这准则才能得到客户的敬重。麦康伯是个奇怪的案例。他不怪才有鬼。还有他那个老婆。呃，他的老婆。对，就是他的老婆。嗯，他的老婆。反正他不会再管这事了。他瞧瞧后头的两人，怒气冲冲的麦康伯一脸死人样，玛戈则一直对他笑。今天她看起来比较年轻、天真，比较有朝气，不再美得那么做作。天知道她在打什么鬼主意，威尔逊心想。昨晚她的话不多，基于这点，他倒是挺乐意再见到她的。

汽车爬上缓坡，穿过树林，来到一片大草原般的旷野。车子一路沿着旷野边的林荫行驶，司机放慢速度，好让威尔逊能仔细观察整片草原和远处的交界。他示意停车，拿出双筒望远镜研究地形。他要司机继续往前，于是车子再度缓慢移动。司机避开疣猪挖的坑洞，绕过一个又一个泥巴城堡般的蚁窝。然后，望向那片旷野的威尔逊突然回头说：

"天啊，他们在那里！"

车子猛然往前冲，威尔逊以斯瓦希里语迅速吩咐着司机，而此时的麦康伯往威尔逊指的方向望去，看到三头身形又长又大，仿若圆柱体般巨大的黑色野兽，如黑色大型油罐车一般奔过这片辽阔草原远方的边际。他们探出头颅、挺起脖子和身体向前疾冲。他还看到他们头上向上飙的雄伟黑角。他们奔跑时并不东张西望。

"是三头老公牛！我们要在他们跑到沼泽之前拦截他们。"威尔逊说。

车子以每小时四十五英里的速度疯狂穿越旷野，麦康伯眼中的水牛也越显庞大，大到他能清楚看见其中一只光秃无毛的灰色大公牛身上长满的疙瘩，肩颈上的肌肉，以及那两根亮闪闪的黑色牛角。这头牛拔足赶在另外两头之后，保持着些微距离，与他们连成一行，形成持续稳定向前冲刺的牛阵。忽然，车子像颠过路面般侧身一甩，使他们更加逼近猎物，让他看见公牛狂奔时的巨大身躯、他稀疏皮毛上的灰尘、犄角中央的凸起，还有那鼻孔很大的口鼻部。他举起来复枪，只听威尔逊大喊："别在车上开枪，你这白痴！"他并不害怕，只是恨透了威尔逊。就在此时，司机急踩刹车，车身打偏滑行，眼看就要完全停稳之时，威尔逊跃身一跳，而他也从另一边跳下了车。他的双脚踏上仿佛正高速移动的土地，因此稍微踉跄了几步。然后，他开始朝移动中的野牛开枪，他听到子弹射中野牛后发出的闷响。他用尽子弹，他却依旧稳定地跑着，他这才想起应该朝肩膀射击才对。就在他手忙脚乱地补子弹时，那头公牛倒下了。他以膝跪地，巨大的头颅朝天一仰。另外两头还在跑，他便喂了领头的那头一颗子弹，确实命中了。再补的一枪脱靶了，这时他听见威尔逊的枪炮哮了声"咔啦——轰"，然后他

一个干净明亮的地方

看见那头领头野牛向前滑倒，以鼻着地。

"去追另外一头！"威尔逊说，"你终于会开枪了！"

另外那头公牛仍以稳定的速度向前快跑着，而他射偏的子弹扬起地面一阵尘埃。威尔逊也没有命中，地面尘埃升腾成一朵沙云。威尔逊大喊："上车，距离太远了！"然后一把抓起他的胳膊回到了车上。麦康伯和威尔逊分别抓着车身左右，车子随着颠簸路面而剧烈摇晃、打斜，渐渐跟上那头探出头颅、一脖子肉、持续向前稳定奔跑的野牛。

他们紧跟着他，麦康伯赶忙装填来复枪，子弹却掉到地上，枪还卡弹。解决卡弹的问题后，他们几乎要追上那头公牛了。威尔逊大喊："停车。"车子严重打滑，还差点儿翻车。此时麦康伯纵身跳出车外，双脚站稳后使劲儿推开枪栓，尽全力瞄准那头疾驰野牛浑圆的黑色背部，射击，再瞄准，射击，再瞄准，再射击，直到他散尽全部子弹，却不见那头野牛出现任何异状。威尔逊接着开枪，枪声震耳欲聋，然后他发现公牛的身体开始摇晃了起来。

麦康伯仔细瞄准后又开了一枪，然后他倒下来，以膝扣叩地。

"好啊！"威尔逊说，"干得好。猎到第三头了。"

麦康伯乐得兴高采烈，像是喝了酒一样感觉轻飘飘的。

"你开了几枪？"他问。

"三枪。"威尔逊说，"你杀了第一头。最大的那头。我担心剩下两头会找地方躲起来，就帮你解决掉了。是你打死他们的，我不过是帮忙补枪。你射得真他妈的准。"

"上车吧。"麦康伯说，"我要喝一杯。"

"先把这家伙解决掉吧。"威尔逊对他说。那头野牛正跪在地上，他的头剧烈地抽搐着，小而深邃的眼怒视着他们，发出愤恨的吼叫。

"盯紧点儿，别让他站起来。"威尔逊提醒他，然后又说，"你往侧边靠一点儿，从他耳后颈脖这边下手。"

麦康伯仔细瞄准野牛受怒意驱使而抽搐不已的粗脖子中心，开枪。野牛的头颅应声落地。

"就是这样。"威尔逊说,"打到了脊椎。真是尤物啊,不觉得吗?"

"喝酒吧!"麦康伯说。他这辈子从没这么爽快过。

麦康伯的妻子坐在车上,面无血色。"你真是威风,亲爱的。"她对麦康伯说,"这段路开得真惊险。"

"很颠簸吗?"

"吓死我了。我这辈子从没这么怕过。"

"我们都喝一杯吧。"麦康伯说。

"当然。"威尔逊说,"女士优先。"她将嘴凑上小酒瓶喝了一口纯威士忌,酒一入喉便打了个战。她将小酒瓶交给麦康伯,麦康伯又把瓶子交给威尔逊。

"真是吓人,可是好刺激。"她说,"害得我头好痛。我不知道原来可以从车上开枪。"

"没有人会在车上开枪。"威尔逊冷冷地说。

"我是说开车追他们。"

"一般来说,是不会这样子做的。"威尔逊说,"虽然我们这么干了,不过在我看来还是不失运动精神。这片旷野这么多坑坑洞洞，再加上开车比徒步猎牛更危险。我们每朝野牛开一枪，他就可能会攻击我们。每一次都是他的机会。不过不需要跟别人提这件事情。这的确是违法的，如果你是这个意思。"

"我倒觉得坐在车上追着那些无助的大家伙——"玛戈说，"很不公平。"

"会吗？"威尔逊说。

"内罗毕的人听到这件事情的话，会怎么样？"

"他们会吊销我的执照，这是其一。还有很多麻烦事。"威尔逊说完便喝了口酒，"我就没生意做了。"

"真的？"

"对，真的。"

"呵——"麦康伯说。这是他今天露出的第一个笑脸，"她抓到你的把柄了。"

"你可真懂说话的艺术呀，弗朗西斯。"玛戈·麦康伯说。威尔逊看着他们两人。混账与贱货的结合啊，不知道他们生出的小孩会是什么死样子，他暗忖，但他说：

"你们发现了没，有个扛枪的人不见了？"

"我的老天，该不会——"麦康伯说。

"他往这里来了。"威尔逊说，"他没事。一定是我们离开第一头牛的时候，他从车子里摔出去了。"

已届中年的扛枪者头戴编织帽，身穿卡其上衣、短裤，脚蹬一双橡胶凉鞋，一跛一跛地朝他们走来。他神色忧郁，似乎恶心想吐。他向威尔逊吼着斯瓦希里语，然后他们都看到白种猎人闻之色变的表情。

"他说什么？"玛戈问。

"他说第一头牛爬起来，躲进树丛里了。"威尔逊以不带情绪的声调回答。

"噢。"麦康伯脑中一片空白。

"这样不就又跟那头狮子一样吗？"玛戈的语气充满期待。

"他妈的一点儿也不会跟那头狮子一样。"威尔逊对她说，"麦康伯，要不要再来一口？"

"要，谢谢。"麦康伯说。他本以为面对狮子时的感觉会重现，但没有。他生平第一次觉得自己完全无所畏惧。他不害怕，他乐极了。

"我们得去找第二头野牛。"威尔逊说，"我让司机把车停在树下。"

"你要干吗？"玛戈问。

"去找那头牛。"威尔逊说。

"我也要去。"

"来吧。"

他们三人走到第二头野牛旁，他肿胀的黑色身躯倒卧在旷野，头压着草地，而那对巨大的牛角张得很开。

"这头真壮观，"威尔逊说，"应该有五十英寸[1]宽。"

麦康伯愉悦地看着他。

"他一脸愤恨的样子。"玛戈说，"我们不能去树荫下吗？"

"当然可以。"威尔逊说。"你看那边。"他指着前方对麦康伯说话。

"看到那片树丛了吗？"

1　英美制长度单位，1英寸等于2.54厘米。——编辑注

"嗯。"

"第一头牛就是往那边去的。扛枪的人说他摔下车时牛还躺在地上。我们铆起劲儿来追那两头狂奔的野牛时，他就在原地观看。等他头一抬，就发现倒地的野牛爬了起来，还盯着他瞧，扛枪的人拼死地逃，然后那头牛就慢慢走进树丛里了。"

"我们现在就进去追吧？"麦康伯急切地问。

威尔逊打量着他。真是活见鬼，他想，昨天明明吓得要死，今天竟然连火都敢吞了吗？

"不行。等下再去找他。"

"我们去树荫下吧，拜托？"玛戈说。她脸色发白，似乎是病了。

车子就停在一棵枝叶茂密的树下，他们走到树下，坐上了车。

"他可能会死在里头。"威尔逊说，"再等会儿，我们就去探个究竟。"

麦康伯感到一股难以言喻的狂喜之情，他从未有过这种感受。

"我的老天，好一次追猎的经验。"他说，"这是前所未有的感受。你不觉得棒极了吗，玛戈？"

"我觉得很讨厌。"

"为什么？"

"讨厌就是讨厌。"她痛苦地说，"讨厌死了。"

"你知道吗，我觉得以后不管碰上什么事，我都不会再害怕了。"麦康伯对威尔逊说，"我们刚见到那头牛，刚要追捕他的时候，我的心境就不同了。那就像水坝溃堤，是一种纯然的兴奋。"

"还一并把你的肝脏给清干净了。"[1]威尔逊说，"人难免会遇上什么千奇百怪的事。"

麦康伯一副容光焕发的样子。"你知道我变得不同了吧？"他说，"我觉得自己截然不同了。"

他的妻子没有说话，只是一脸古怪地盯着他看。她整个人瘫在座位上，麦康伯则挪着身子向前倾，和自前座回头、侧着身体的威尔逊对话。

---

1   相传肝脏是储存如愤怒、嫉妒等黑暗情绪的脏器，其中也包含了力量。

一个干净明亮的地方

"嘿,我想再猎一头狮子。"麦康伯说,"我现在完全不怕他们了。毕竟,他们又能对你造成什么威胁呢?"

"没错。"威尔逊说,"最糟糕也不过就是被干掉而已。莎士比亚是怎么说的?他妈的那句话可经典了。不知道我还记不记得。哈,很经典啊。有一阵子我还常念这段话给自己听。来喽,'老实说,我不在乎。人一生只能死一次。我们亏欠神一条命,时候到了就该上路,要是今年死了,明年就不用再死一次'[1]。他妈的真经典,嗯?"

他觉得十分尴尬,竟然把自己以前的信念搬出来讲,不过他曾目睹不少男孩转变成男人,而他总是深受感动。那过程与他们的二十一岁生日一点儿关系也没有。

像麦康伯,他需要的是一场偶发的野猎,趁他还来不及顾虑,就让他硬着头皮直接上场,最后变成真正的男人。管它是怎么发生的,总之就是发生了。看看这个家伙现在什么模样,威尔逊心想。他属于那种得花好长一段时间才能成功变成大人的类型,威尔逊心想,搞不好得花上一辈子。

1　出自莎士比亚戏剧《亨利四世》(下篇)第三幕第二场。

到了五十岁,他们仍会是一副幼稚青涩的模样。美国大男孩,要命啊,这群怪胎。但他喜欢现在这个麦康伯。这人太逗了。这说不定也表示他以后不会再戴绿帽子了。嗯,那就太好啦!真是可喜可贺。这家伙可能老在担心害怕,虽然不知道前因,但结果就是他不再担心害怕啦。跟野牛对决的时候,他就没空害怕吧。这是其一,再加上他的怒气,再加上车子,让他可以大闹一场,变成一个连火都敢吞的男子汉吧。他曾在战场上见过同样的情况,这种改变比失去任何形式的童贞所带来的改变更为剧烈。那就像是一场刮除恐惧的手术,原本的地方会长出其他东西。这是让男孩变成男人的主因,每个男人都有这种东西。女人也能看出这东西的存在。无所畏惧。

玛格丽特·麦康伯瑟缩在座位的一角,端详这两个男人。眼前的威尔逊仍是昨天她发现的那个拥有惊人天赋的威尔逊,没有任何改变。但她看得出来弗朗西斯·麦康伯已经变了一个人。

"你会不会对将要发生的事抱着满心的期待?"麦康

　　　　　　　　　　　一个干净明亮的地方

伯问。他还在探索他的新财富。

"你不该把这事挂在嘴边。"威尔逊看着对方说，"要说你怕，这样才有上流社会的样子。注意点儿，你应该要害怕，害怕的机会多的是。"

"所以要上场了，你兴奋吗？"

"当然，"威尔逊说，"很兴奋。但一直说这些也没多大用处。说个没完没了，太多嘴，只会消磨事情本身的乐趣。"

"你们两个都在说废话。"玛戈说，"不过是坐着车追杀几只无助的小动物，就以为自己是英雄，在那边讲个半天。"

"抱歉。"威尔逊说，"我废话太多。"她开始担心了，他想。

"男人说话，你要是听不懂，何不干脆闭嘴？"麦康伯质问他的妻子。

"才一下子，你就变得这么勇敢呀？"他的妻子语气轻蔑，但那轻蔑的语气中又夹杂着什么。她感到非常害怕。

麦康伯大笑，由衷地大笑。"你知道，我勇气十足。"他说，"我真的变了。"

"不觉得太迟了吗？"玛戈苦闷地说。因为过去几年来，她已经用尽心力，而如今他们走到了这地步，并不是谁的错。

"一点儿也不。"麦康伯说。

玛戈沉默地坐在后座的角落。

"差不多是时候了吧？"麦康伯雀跃地问威尔逊。

"可以去看看。"威尔逊说，"你还有实心弹吗？"

"扛枪的家伙还有。"

威尔逊用斯瓦希里语唤了一声，正在剥野牛头皮的年长扛枪者立刻挺起身子，从口袋掏出一盒实心弹交给麦康伯。麦康伯装填弹药后，把剩下的子弹放进口袋。

"你最好拿春田步枪。"威尔逊说，"你已经上手了。这把曼利夏枪就留在车上给夫人用吧。帮你扛枪的人可以扛你的大枪。我就拿这该死的火铳。我先解说野牛的事。"他把野牛的事留到最后才说，因为他不想让麦康伯焦虑。"野牛扑过来的时候，他的头会抬高，然后笔直往前冲。他犄角凸起的部位能帮他的脑部挡子弹。要打就对准他的鼻子打，不然就要朝他胸口开枪。如果你在他的侧边，就打他的颈部或肩膀，他们一旦中枪就会乱杀一通。别耍花招，朝最省事的地方开枪就对了。他们剥好牛头了。我们出发吧？"

他叫唤两名扛枪者，他们便边擦手边走过来，年长的那个爬上后座。

"带孔戈尼就好。"威尔逊说，"另一个留下来待命，别让鸟接近。"

车子缓慢驶过这片旷野，朝树岛般的丛林而去，茂盛的叶片在狭长地带四处蔓延，一条穿过沼泽地带的干涸河道向前展开。麦康伯又感受到心脏剧烈地跳动和口舌之间的渴，但这次是出于兴奋，而不是畏惧。

"他就是从这里进去的。"威尔逊说。然后他用斯瓦希里语对扛枪的人说："去追踪血迹。"

车子的位置和树丛平行，麦康伯、威尔逊、扛枪者下车了。麦康伯回头看见身旁有把来复枪的妻子，而她也正注视着他。他向她挥手，但她没有挥手回应。

前方的树丛非常茂密，地面干燥。中年的扛枪者挥汗如雨，威尔逊将帽子拉至眼睛上方，他晒红的脖子映在麦康伯眼前。扛枪者突然用斯瓦希里语跟威尔逊说话，然后往前跑去。

"他死在那里。"威尔逊说，"太好了。"他转身握上麦康伯的手，但就在两人握手、咧嘴而笑之际，扛枪者疯狂大叫了起来，接着他们看到他侧着身子蹿出树丛，快得像只螃蟹，身后跟着一头鼻端向前、口部紧闭、浑身淌血的野牛。他那巨大的头颅向前挺进，瞪着他们的小眼睛满布血丝。他冲过来了。前头的威尔逊立刻跪下开枪，麦康伯也跟着开枪，但他自己的枪声已被威尔逊枪弹的咆哮掩盖，只见石板瓦般的碎片自牛角间的凸起散射而出，牛头抽搐。他立刻朝牛的大鼻孔再开一枪，接着他的犄角猛然一晃，再度迸射碎骨。当下他看不到威尔逊的身影，却看见野牛硕大的身躯就要压上来，而自己的来复枪几乎和那努着鼻子直冲而上的头颅齐平。他仔细瞄准，再补一枪，然后看见那双邪恶的小眼睛，那颗巨颅往下垂，然后一股突如其来的炙热的令人目盲的白色闪光在他脑里炸开，然后，他再无知觉了。

当威尔逊忽然低身躲向一旁，准备射击野牛的肩膀时，站得直挺挺的麦康伯则正朝牛的鼻子开枪，但每次都往上偏，因此错击了沉重的犄角，使犄角犹如石板瓦屋顶般破碎剥裂。而就在牛角几乎要刺穿麦康伯的那一刻，车上的麦康伯太太拿起6.5毫米口径的曼利夏朝着野牛开枪，却击中她丈夫头骨底部侧边往上约莫两英寸的地方。

弗朗西斯·麦康伯倒地。他面部朝下，与那头侧身倒地的野牛距离不到两码。他的妻子跪在他身前，威尔逊在她身边。

"不要把他翻过来。"威尔逊说。

女人歇斯底里地号哭。

"是我就会回车上去。"威尔逊说，"来复枪呢？"

她摇着头，面目扭曲。扛枪者拾起来复枪。

"把枪放回原位。"威尔逊说。接着他又说："去叫阿巴度拉过来，这么一来他也是这场意外的目击者。"

他跪下，从口袋取出一条手帕铺在弗朗西斯·麦康伯蓄着短发的后脑勺上。血液渗入干燥松软的土壤。

威尔逊起身后，看着侧身倒下的野牛，他的四只粗腿大张，毛发稀疏的肚子上爬满扁虱。"好大一头牛。"他的脑袋开始自动记录。"五十英寸吧，还是更长？嗯，应该更长。"他对司机叫喊，要他在尸体上盖张毯子，守在旁边。接着，他走到车子旁，那女人正坐在一角哭泣。

"干得漂亮。"他用毫无起伏的声调说，"反正他到时也会甩掉你。"

"闭嘴。"她说。

"当然，这是场意外。"他说，"我很清楚。"

"闭嘴。"她说。

"别担心。"他说，"接下来会有些麻烦事，不过我会叫人拍好照片，验尸的时候就能派上用场。那两个扛枪的人和司机都会提供证词。你可以全身而退。"

一个干净明亮的地方

"闭嘴。"她说。

"还有很多事要办啊。"他说，"我得派辆卡车到湖边，用无线电叫架飞机把我们三个载到内罗毕。你干吗不毒死他算了？英国人都用这招吧。"

"闭嘴！闭嘴！闭嘴！"女人号叫。

威尔逊用他冷漠的蓝眼睛看着她。

"我的任务到此结束。"他说，"我本来有点儿生气。才刚开始喜欢你老公呢。"

"哦，拜托，闭嘴吧。"她说，"拜托，你闭嘴。"

"听起来好多了。"威尔逊说，"加上拜托，听起来就好多了。那我就闭嘴。"

艾略特夫妇

艾略特夫妻俩拼了命想生个孩子。只要艾略特太太撑得住，他们就不断试。婚后，他们在波士顿努力过好一阵子，搭船途中也没闲着。可是艾略特太太病了，在船上努力的次数就没办法那么频繁。她晕船，她晕船的时候，就是南方女人式的严重呕吐。这可是美国南方来的女人啊！和其他南方女人一样，艾略特太太一晕船整个人都要垮掉，这是由于夜间航行，早上又醒得太早。船上很多人都误以为她是艾略特先生的妈妈；知道他们是夫妻的人，又以为不久她就要生孩子了。事实上，她才四十岁，却在开始旅行之后骤然衰老。

在这之前，她看起来年轻多了，实际上，艾略特和她结婚时，她身上完全看不出岁月的痕迹——他们在她的茶馆相识许久，后来又经过好几个星期的求爱，他才在那一夜亲吻了她。

休伯特·艾略特结婚时，是哈佛大学的法学研究生，同时也是个年收入将近一万美元的诗人。他只需要很短的时间便能写出一首长诗。二十五岁的他，直到和艾略特太太结婚之前，还没和女孩子睡过。他要洁身自爱，好把纯净的身体与心灵完全交付给自己的妻子。当然，他也期待对方一样纯洁。他说这才是"规矩的生活"。在亲吻艾略特太太之前，他曾经和许多女孩交往过，交往期间，他总会找机会告诉她们自己过着洁净的生活，结果这些女孩几乎都对他再也提不起兴致。有些女孩明知道某些男人的过去就像泡进臭水沟般不光彩，却仍愿意和他们订婚甚至结婚，这让他很吃惊，严格来说是吓坏了。那次他试图警告一个认识的女孩，提醒她别跟某个男人交往——他说自己可以确定那家伙从大学时代就是个烂人，结果闹得大家都不愉快。

艾略特太太的本名是克妮丽雅，她却要他叫自己卡露蒂娜，那是她在南方家族时的小名。婚后，当他带着克妮丽雅回家时，他的母亲还一度哭哭啼啼；不过当得知两人婚后将出国定居时，她脸色又亮了起来。

每回他告诉她，自己洁身自爱都是为了她，克妮丽雅便会把他抱得更紧更紧，唤他是"你这个亲亲小男孩"。

克妮丽雅也是纯净的。"像那样再亲我一次。"她说。

休伯特对她解释，他的接吻技巧是从朋友那儿听到的故事中学来的。他对这试验很满意，于是两个人便继续深入练习。有时候，如果他们亲吻了好长一段时间，克妮丽雅就会要求他再说一遍：如此守护他自己的纯净都只为了她。这般宣告总让她再度兴奋不已。

起先休伯特根本没料到会和克妮丽雅结婚。他没把对方当成对象过。他们是如此亲密的好朋友。直到有一天，在她茶馆后面的小房间里，趁着她的女伴在店堂内时，他们随留声机的音乐起舞，她抬头注视他的眼睛，然后他亲吻了她。他始终不记得彼此终于决定结婚的那个关键时间，但他们的确结婚了。

结婚那天，他们在波士顿的旅馆里过夜。他们都有些失望，不过克妮丽雅最后还是入睡了。休伯特睡不着，穿着特地为蜜月旅行买的耶格尔名牌浴袍到外头好几次，在旅馆走廊上来回晃。他走呀走，一双双大人和小孩的鞋子就摆在旅馆其他房间的门外。他的心为此猛烈跳动，他迫切地冲回自己房间，但克妮丽雅已经熟睡。他不想吵醒她，很快地，一切平息下来，他也安然入睡。

　　隔天，两人拜访了他的母亲。又过了一天，他们动身前往欧洲。那段日子挺有可能造人成功，虽然他们疯狂地想有个孩子，克妮丽雅却没办法常常配合。他们在瑟堡上了岸，来到巴黎。在巴黎，他们依然试着要怀上孩子。后来他们决定去第戎的暑期学校，他们在船上碰到的一些人也都去了。他们在第戎根本无事可做。不过，休伯特写了很多首诗，克妮丽雅协助他打字。那些诗都长得要命。他对于挑错十分严格，只要有个错字，就会要求她整页重打。她哭得惨兮兮的。在离开第戎之前，他们为怀上孩子努力过几次。

　　他们回到巴黎，船上认识的朋友大多也回来了。他们早已厌烦第戎，反正现在他们已经可以宣称，离开哈佛大学、哥伦比亚大学或沃巴什学院之后，自己曾在科多尔省的第戎大学读过书。他们大多都比较想去朗格多克、蒙彼利埃或佩皮尼昂——要是那些地方有大学。但这些地方实在太远。从巴黎出发到第戎只需要四个半小时，火车上还有餐车呢。

所以，他们现在全都坐在多摩咖啡店，不选择街道对面的圆亭咖啡店，只因为那里总是塞满外国人。没过几天，艾略特夫妇通过纽约《先驱报》的一则广告，在都兰省租了一座庄园。如今艾略特多了不少欣赏他诗作的朋友；艾略特太太则说服他写信到波士顿，给当时和她一起在茶馆的女朋友。女朋友来了以后，艾略特太太开朗了许多，两个人也痛快地哭过几次。那个女朋友比克妮丽雅年长好几岁，总是叫她"亲爱的"。她也来自南方的一个古老家族。

他们三个人，还有一些把艾略特称作休比的朋友，结伴去了都兰省的庄园。他们发现都兰省是个类似堪萨斯的炎热乡村平原。艾略特诗作的数量已足够成书。他打算在波士顿出版，已经将支票与一份合约寄给出版商。

不久，那些朋友又返回巴黎。都兰这地方还是不符合他们一开始想象的样子。紧接着，所有朋友都随着一个年轻、有钱、未婚的诗人一同去了特鲁维尔附近的海滨胜地。他们在那里玩得挺尽兴。

艾略特留在都兰的庄园，因为他租了一整个夏天。他和艾略特太太在那间又大又热的卧房里，在又大又硬的床上，努力造人。艾略特太太正在学习打字机的按键系统，但她发现，一旦速度加快，错误就会增多。现在，差不多所有的手写稿件都换由女朋友打字了。她打字很熟练，有效率，好像也挺喜欢这件差事。

艾略特一个人生活在他自己的房间里，开始喝白葡萄酒。他在夜里写大量的诗，白天总是一脸倦容。艾略特太太和女伴则一起睡在中古风格的大床上。她们痛快地哭泣过几次。向晚时分，他们坐在法国梧桐树下的庭院里用餐。炎热的晚风吹过，艾略特先生喝着白葡萄酒，艾略特太太和她的女伴聊天，他们都非常快乐。

在
异
乡

秋天时分，战争尚未结束，但我们再也不需要上战场了。米兰的秋天十分寒冷，天黑得很快。转眼间电灯亮起，沿街观赏橱窗别有一番乐趣。商店外挂了许多猎物，雪花落在狐狸的皮毛上，风吹拂过它们的尾巴。僵硬、笨重，被掏空内里的鹿悬挂着；小鸟随风摇晃，羽毛翻动着。寒冷的秋天，冷风自山间吹下。

每天下午我们都待在医院。沿着几条不同的路线走，都能在薄雾中横跨小镇，抵达医院。其中有两条路线得沿着运河行走，但运河太长，通常你得跨越运河上的桥来到医院。有三座桥可通行。其中一座，上头有个卖烤栗子的女人。站在她的炭火炉旁，让人觉得暖乎乎的，烤栗子放进口袋也会给人带来暖意。医院古旧，但十分美丽，你走进大门，穿过庭院，然后从另一边院门出去。庭院经常举办葬礼。离旧医院稍远的地方，是由砖瓦盖成的医院新馆，每天下午我们就在那里碰头，礼貌相待，兴致勃勃，坐进那个能为我们带来诸多改变的仪器里。

医生走到我待的仪器边，问道："战争爆发之前，你最喜欢做什么？你运动吗？"

我回答："有，美式足球。"

"很好。"他说，"你以后就能继续玩美式足球了，还会比以前更行。"

我的膝盖无法弯曲，我的腿自膝盖起便一路直直地削到脚踝，没有小腿肚。仪器能使膝盖弯曲，如同骑三轮车般运动。不过目前我的膝盖仍弯不了，每回进行弯曲膝盖的步骤，反倒是仪器歪歪斜斜起来。医生说："过去就没事了。你是个幸运小子。你会重返球场，像个美式足球冠军一样。"

隔壁仪器里坐着一位少校，他有一只手看起来和小婴儿的差不多。此刻医生正帮他检查小手，他的手摆在上下跳动的两条皮绳中，拍打着僵硬的手指。他对我眨眨眼，开口说："医生队长，我也可以玩美式足球吗？"他曾是厉害的击剑手，在战争爆发之前，甚至是意大利最强的击剑手。

医生走回后头房间的办公室，拿来一张照片，上头显示一只和少校的萎缩情况差不多的手，以及这只手接受仪器治疗后的差异，治疗后，手的确大了一些。少校用他那只正常的手握着那张照片，端详起来。"受了伤吗？"他问。

"工业事故。"

"很有意思，很有意思。"少校一边说着，一边把照片归还医生。

"有信心吗？"

"没有。"少校回答。

三个和我年纪相仿的年轻人，也会每天来报到。他们三个全是米兰人，其中，一个想成为律师，另一个想当画家，还有一个则打定主意要从军。结束仪器治疗后，有时候我们会一起散步到斯卡拉歌剧院[1]隔壁的科瓦咖啡店[2]。借着有四人同行，我们就走小路穿过共产党人的地盘。那里的人痛恨我们，因为我们是军官。经过的时候，有人会在酒店门口大喊："A basso gli ufficiali！"[3]有时加入我们行列的第五个男孩，脸上包着黑色丝质手帕——

1　原文为 The Scala Theater，位于意大利米兰，为世界著名的歌剧院，于 1778 年正式启用。

2　原文为 Café Cova，米兰的著名咖啡店，于 1817 年设立至今。

3　意大利语。"官员下台！"

他没有鼻子，正等待整形。他从军校毕业后就直接上了战场，第一次冲往前线，不到一个小时就受了伤。他们为他重塑脸形，但他古老家族的血统让他们始终无法将鼻子整得更像样一点儿。他到了南美洲的银行工作，但这已经是很久以前的事情，我们当中没有一个人知道未来会变得怎样。我们只清楚战争绝对不会结束，但我们再也不需要上战场了。

我们都拥有勋章，但脸上包着黑色丝质"绷带"的男孩可没有，他在战场上待得不够久，得不到勋章。想成为律师的苍白少年长得很高，他曾是阿迪蒂突击队[1]的中尉，我们三人各自得到的一枚勋章，他一个人全都拿下了。他与死亡共存了太长时间，变得有些疏离，但是我们都有点儿疏离，除了每天下午都得到医院报到外，再没有什么事情能将我们捆在一块儿。然而，当我们取道穿越镇上的荒凉区域，前往科瓦咖啡店时，我们在黑暗中漫步，周遭酒店不时传出灯光和歌声；若是遇到男男女女挡住人行道，我们便硬挤过去，最后不得不走在大

1　原文为 Arditi，第一次世界大战时，意大利的精锐突击部队。

　　　　　　　　　　　　一个干净明亮的地方

马路上——这让我们觉得团结，这也是那些讨厌我们的人永远无法理解的。

我们倒是挺熟悉科瓦咖啡店，那儿既奢华又温暖，灯光不是很亮，特定时间一到就嘈杂喧嚷、烟雾弥漫，桌边总有女孩，壁架上总放着彩色画报。科瓦咖啡店的女孩非常爱国，而且我发现全意大利最爱国的人就是这些咖啡店的女孩——我相信她们至今依然如此。

一开始，男孩们对我的勋章怀有敬意，询问我如何获颁这些勋章。我向他们展示奖状，上头印着优雅辞藻，尽是 fratellanza[1] 和 abnegazione[2]，但去掉所有形容词后，我纯粹因为自己是美国人才能得到勋章。从那天起，尽管我仍是他们对付外人的同伴，但他们对我的态度起了些微变化。在他们读了那些褒扬奖状的评语之后，我还算是他们的朋友，但永远不可能成为他们的一分子——他们可是干了截然不同的大事才得到这些勋章的。我受了伤，千真万确，但我们都心知肚明，这些伤不过是意外导致的。我倒是从来不以这些缎带为耻。有时，几杯

1　意大利语。兄弟情谊。
2　意大利语。克己。

鸡尾酒下肚后，我还会幻想自己干了和他们一样的大事，才得到那些勋章；不过，当我半夜自个儿走过冷清的大街，寒风吹过，店铺打烊，总忍不住要挨紧街灯走路时，我才觉悟，这辈子自己是不可能干下相同的大事了。我太怕死，经常在一个人就寝的夜里恐惧死亡，思索着假如再回到前线，会落得什么下场。

拥有勋章的那三人就像猎鹰；但我不是鹰，虽然对那些从来没有打过猎的人而言，我看起来可能有几分猎鹰姿态；但他们三人了然于胸，我们相去甚远。不过我依然与第一天上战场就挂彩的男孩维持友好关系，因为如今的他根本无法再得知当初自己可能会成为什么，所以也绝不可能被他们接纳，而我喜欢他，或许是因为他同样无法成为一只鹰。

曾是顶尖击剑手的少校不相信英勇这种东西，我们一起坐进仪器时，他还花大把时间纠正我的语法。他夸奖我的意大利语，我们总能自在聊天。某日我夸口，对自己而言，意大利文真是再简单不过的语言，实在提不起兴致继续学习，毕竟想说的都已能讲出口。"嗯，也是。"少校说，"那么，你为何不学习正确的语法呢？"于是我们开始学习语法，意大利文自此突然变得很难，在脑袋里没有正确的语法结构前，我甚至害怕与他对谈。

少校就诊十分规律。虽然我确定他根本不相信这仪器，但我记得少校从未错过一次。一度我们谁也不相信仪器的功效，那天，少校甚至指出这些全是乱来。只因为是新式仪器，所以我们得扮演试验品的角色。真是个白痴想法，他说："又来了，都是空谈。"我语法学不好，他便说我是个没救了又丢人现眼的笨蛋，还说在我身上费心思，自己简直也是个傻瓜。他个头儿不高，总是挺直背脊坐在椅子上，把右手伸进仪器，当皮绳牵引他的手指上下摆动时，他会直勾勾地盯着前方墙壁。

"战争结束后你打算做什么？"他问我，"用正确的语法说。"

"我会去美国。"

"你结婚了吗？"

"还没，但我希望可以。"

"你真是蠢过头了。"他说。他怒气腾腾的。"男人不能结婚。"

"为什么，Signor Maggiore[1]？"

"不要叫我 Signor Maggiore。"

"为什么男人不能结婚呢？"

"男人不该结婚。男人就是不该结婚。"他愤恨地说，"就算知道将会失去一切，也不应该就此沦落到失去一切的窘境。不该让自己身陷可能失去一切的窘境。男人该追求那些不会失去的东西。"

他愤恨、痛苦地说着，直直地望向前方。

"可是，为什么必然会失去呢？"

"终究会失去的。"少校说。他紧盯着墙壁。然后他低头望向仪器，挣脱了皮绳的束缚，挥动小手朝大腿用力一拍。"终究会失去的。"他几乎要叫喊出来，"不准和我争辩！"然后他唤来负责仪器运作的服务人员："过来把这该死的机器关掉！"

1　意大利语。少校先生。

　　　一个干净明亮的地方

他走进设有光疗和按摩治疗的房间。我随即听见他询问医生是否能够使用电话，然后把门甩上。当他回到这间房间时，我正坐在另外一部仪器里。他披上披风，头戴帽子，朝我坐的仪器走来，把手放在我肩上。

"对不起。"他说，用那只正常的手拍拍我的肩膀，"我不愿如此无礼。只是我的妻子才刚过世。请你务必原谅我。"

"噢。"我说，心里为他难过，"我很遗憾。"

他咬住下唇站在那里。"好难。"他说，"我无法克制。"

他的目光越过我，直直地望向窗外。接着他哭了起来。"我就是没有办法克制自己。"他语气哽咽。没过多久，止不住泪水的他，抬起头来无视一切，像军人般挺起胸膛，双颊满是泪水，咬着下唇，走过那些仪器，推开房门离开。

医生告诉我，少校的妻子因为肺炎过世。她十分年轻，而且直到确认他因为伤残除役，两人才完婚。她生病不到几天。没有人预料到她会因此离世。少校三天没来医院。之后，他又按照正常时间就诊，制服袖子上绑着黑色臂纱。当他回来时，墙壁上挂满了镶框的大照片，全是各式各样的伤势，以及它们接受仪器治疗后的情况。在少校使用的仪器前方有三张照片，上头那些和他的手的情况类似的伤手都已完全复原。我不知道医生从哪里得到的这些照片。我很清楚我们是第一批使用这些仪器的人。那些照片对少校而言似乎没有什么影响，因为他只是一直望着窗外。

等了一整天

他走进房间关上窗户，这时我们还没起床，我发现他看起来病恹恹的。他浑身发抖，脸色苍白，走得很慢很慢，仿佛每踏出一步都在受罪。

"莎茨，你怎么了？"

"我头好痛。"

"你最好躺回床上。"

"不要，我没事。"

"你先上床躺着。我把衣服穿好马上过去。"

不过当我下楼时，他已经穿好衣服，独自坐在炉火旁，看起来就是个患了重病、悲惨十足的九岁男孩。我把手按在他的额头上，察觉到他身体发烫。

"快上床去，"我说，"你发烧了。"

"我没事。"他说。

医生赶来帮孩子量体温。

"怎么样？"我问他。

"烧到一百零二度了。"

在楼下，医生留了三种药，是三种不同颜色的胶囊，还附上了服药说明。一种退烧用，另一种是泻药，还有一种则是中和体内酸性过高的药。他解释，流感病菌只存于酸性环境。他似乎很了解流行性感冒，还说只要发烧不超过一百零四度就没什么好担忧的。只是小感冒，只要避免加重成肺炎就不会有任何危险。

回房之后，我记录了孩子的体温，将不同药物的服用时间写在纸条上。

"要我念故事给你听吗？"

"嗯，如果你想念。"男孩说。他的脸色发白，眼窝下一片黑。他躺在床上，仿佛眼前发生的事情都与他无关。

我读了霍华德·派尔[1]的海盗故事书，但我看得出来他根本心不在焉。

"莎茨，你现在感觉如何？"我问他。

"还是一样。"他说。

我坐在床脚念书给自己听，盘算时间，等着喂他吃另一颗胶囊。原本以为他应该自然入睡了，不料当我抬头时，他竟然还盯着床脚，表情很奇怪。

1　霍华德·派尔（1853－1911），美国著名插画家、作家，因给一些传统故事创作插画而闻名，如《罗宾汉》《亚瑟王》等。

"为什么不多睡会儿？我会叫你起床吃药啊。"

"我宁愿保持清醒。"

过了一会儿，他告诉我："爸爸，如果你觉得麻烦，不用留下来陪我，没关系。"

"我想陪你啊。"

"不是这样，我是说，如果觉得太麻烦，你大可不必留下来。"

我猜他可能有点儿头晕，十一点喂他吃过胶囊后，我趁机外出一会儿。

这是晴朗却寒冷的一天，地面覆盖着已结冰的雨夹雪，上头的秃树、灌木丛、砍断的枝叶、所有的草和光秃秃的路面，全像上了一层冰漆。我牵着爱尔兰赛特犬在路上散步，沿着结冰的小溪前行，在光滑的冰面上很难站立、行走，这只红毛狗脚下直打滑，我也重重摔了两回，其中一次还甩掉了手上的枪，它沿着冰面滑出去很远。

满布低矮树丛的高土岸上躲着一群鹌鹑，我们吓得它们四处飞窜，在它们即将越过河岸高处消失不见时，我开枪猎杀了两只。有几只鹌鹑飞下树来，大多数的鹌鹑则是分散躲进灌木丛中。若想倏地起飞，还得在结冰的树枝堆上跳个好几次才行。当你置身结冰的灌木丛里，好不容易取得平衡，一群鹌鹑却突然惊飞出来，想在这时瞄准、射击是难上加难。我射杀了两只，五只没打到。返家途中，我又在离家不远的地方发现另一群鹌鹑，想到改天还有这么多鹌鹑可猎，不由得开心起来。

回家之后，他们告诉我孩子禁止任何人走进房间。

"你不能进来，"他说，"你不能像我一样生病。"

我走到他面前，发现他仍待在不久前我离开时的位置，完全没动过。他脸色惨白，双颊因为发烧而泛红，他的眼睛依旧瞪着床脚。

我为他测量体温。

"多少度？"

"一百度左右。"我说。其实是一百零二点四度。

"是一百零二度。"他说。

"谁说的？"

"医生说的。"

"你的体温很正常，"我说，"没什么好担心的。"

"我不担心，"他说，"但我就是忍不住会一直想。"

"别想了，"我说，"放轻松。"

"我很放松。"他说，却依旧直视前方。很明显，有个什么念头紧缠着他不放。

"和水把药吃下去吧。"

"你觉得有用吗？"

"当然有用。"

我坐下，翻开海盗故事书念起来又随即中断，因为他心不在焉。

"你觉得我什么时候会死掉？"他问。

"什么？"

"你觉得我还可以活多久？"

"你不会死的。你怎么了？"

"哦，没错，我要死了。我听到他说一百零二度。"

"人才不会因为发烧到一百零二度就死掉。说什么傻话？"

"我就是知道会死掉。我们在法国的时候，学校的男生跟我说只要烧到四十四度就会死掉。我都一百零二度了。"

原来从早上九点到现在，他等死等了一整天。

"可怜的莎茨，"我说，"可怜的莎茨小老头儿。这就像是英里和公里。你绝对不会死的。这是两种不同的温度计。在那种温度计上三十七度是正常体温。这一种九十八度算正常。"

"你确定吗？"

"千真万确，"我说，"就像是英里和公里。你知道的，就像是车速七十英里等于多少公里一样。"

"噢。"他说。

他盯着床脚的目光慢慢放松，原本小大人的姿态也终于松懈下来。隔天，他一派轻松，遇到毫无要紧的小事还会哭叫出来。

　　　　　　　　　一个干净明亮的地方

一个干净明亮的地方

夜深时刻，咖啡店的客人都走光了，只剩下一位老人，独坐在日光灯被树叶遮挡形成的阴影里。白天的街道满是灰尘，但入夜后，露水让尘埃落定，老人喜欢在这里待到很晚——他聋了，但他感受得出夜的宁静与白天的差异。咖啡店里的两个服务生都察觉出老先生有点儿醉了，虽然他是个好顾客，但他们也清楚，如果他喝得太醉就会忘记付钱直接走人，只好对他留意着点儿。

"上星期他自杀未遂。"一个服务生说。

"为什么？"

"他很绝望。"

"怎么了？"

"没什么。"

"你怎么知道没什么？"

"他有钱得很啊。"

他们坐在咖啡店门口边靠墙的那张桌子，看见露台区所有的桌子都空了，只剩老人的那张桌子陷在因风微微摇曳的树影里。一个女孩与一个大兵走过街道。街灯照亮他领子上的黄铜编号。女孩没戴头巾，紧挨他身旁走得匆促。

"卫兵会抓到他。"一名服务生说。

"如果他可以得到想要的，那又何妨？"

"他最好现在就离开这条街。卫兵会抓他。他们五分钟之前才经过这里。"

坐在阴影下的老人，拿起玻璃杯轻敲桌上的杯托。年轻的服务生走过去。

"你要什么？"

老人看着他。"再来一杯白兰地。"他说。

"你会喝醉。"服务生说。老人看着他。服务生离开了。

"他会待上一整晚，"他对同事说，"我好困，我从没在三点之前上床睡觉过。他真该上星期就自杀死掉。"

服务生从咖啡店里的柜台拿了一瓶白兰地和一个杯托，大步走到老人桌边。他叠上杯托，在玻璃杯里倒满白兰地。

"你真该上星期就自杀死掉算了。"他对听不见的老

一个干净明亮的地方

人说。老人比了比手指。"再多一些。"他说。服务生继续朝杯里倒，白兰地溢出杯沿，顺着杯柄流进一叠当中最上层的碟子。"谢谢。"老人说。服务生把酒瓶端进咖啡店，坐回同事那桌。

"他喝醉了。"他说。

"他每天晚上都醉醺醺的。"

"他为什么要自杀？"

"我哪儿知道？"

"他怎么弄的？"

"拿绳子上吊。"

"谁救他下来的？"

"他侄女。"

"干吗救他？"

"为了他的灵魂着想。"[1]

"他到底多有钱？"

"很多。"

"他一定有八十岁。"

1　天主教的教规"天主十诫"中第五诫反对任何自伤的行为，包含自杀。

"我敢说他八十多岁了。"

"我希望他赶快回家。我从没在三点前上床睡觉过。在那时候上床是什么滋味？"

"他就爱待这么晚。"

"他很寂寞。我不寂寞。老婆还在床上等我。"

"他以前也有老婆。"

"他现在这样，有老婆也没用。"

"很难说。有老婆的话，他应该会比较好过。"

"他有侄女照顾他。你说过她救了他。"

"我知道。"

"我不想活得那么老，老人很邋遢。"

"那可不一定。这个老人很干净。他喝酒不会乱洒。就算现在喝醉了也一样，你看。"

"我不想看。我巴不得他快回家。他一点儿都不体谅还得上班的人。"

老人的视线从酒杯向上移，目光扫过广场，然后望向服务生。

“再来一杯白兰地。”他说，指着自己的玻璃杯。那个心急的服务生走过来。

“不，没了。”他说。笨蛋对醉汉或外国人说话时，总会使用这种省略式的语法。“今晚不卖了。打烊了。”

“再来一杯。”老人说。

“没有了，打烊了。”服务生一边用毛巾擦着桌角，一边摇头。

老人站起身，缓慢地数完杯托，从口袋拿出皮质零钱包付了酒钱，还留下半个比塞塔[1]的小费。

服务生看着他走过街道，老人步履蹒跚却充满威严。

“你为何不让他留下来喝？”不着急的服务生问道。他们正拉下百叶窗准备打烊。“还不到两点半。”

“我要回家睡觉。”

“差这一个钟头吗？”

“我的一个钟头跟他的差很多。”

“一个钟头就是一个钟头。”

“你讲话也像个老头儿了。他可以买瓶酒回家喝。”

1　西班牙货币单位。

"那不一样。"

"是啊，是不一样。"有家室的服务生也同意。他不想变得偏颇。他只是急着想走而已。

"你呢？难道不担心提早回到家会……"

"你在侮辱我吗？"

"没有，老兄，只是开玩笑而已。"

"我不担心。"那个心急的服务生回答，他拉下金属百叶窗后起身，"我有自信。我自信满满。"

"你有青春、自信，还有工作。"年长的服务生说，"你什么都有。"

"那你又缺了什么？"

"除了工作，我什么都没有。"

"我有的你都有啊。"

"不，我没有信心，而且不年轻了。"

"好了，别再讲废话，锁门吧。"

"我也是喜欢在咖啡店待到很晚的人，"年长的服务生说，"和那些不想上床睡觉的人一样，和那些夜里需要一些光亮的人一样。"

"我回家就要直接上床睡觉。"

"我们是两个世界的人。"年长的那位说。他换好衣服准备离开。"这不单是青春与信心的问题 —— 尽管青春和信心都那么美好。每天晚上，我总是不情愿地关门，或许有什么人还需要这间咖啡店。"

"老兄，还有整晚营业的酒馆啊。"

"你不懂。这是一间干净、舒适的咖啡店，照明充足，光线良好，而且，嗯，还有树叶的影子。"

"晚安。"年轻的服务生说。

"晚安。"年长的那位说。关上电灯的同时，他继续自言自语。没错，光线很重要，但地方也得干净、舒适。你不需要音乐，真的不需要音乐。就算酒吧是专为这个时刻而设立的，你也没办法带着尊严站在那里。他怕什么？不是害怕，也不是畏惧，而是他再熟悉不过的空无。世物皆空，人也不例外。需要的，不过是光，还有某些程度的干净与秩序罢了。有人活在 nada[1] 之中，却从未感

1　西班牙语。空无，同英语的 nothing。此处海明威改写了基督教最有名的《主祷文》（天主教称之为《天主经》），将原本虔诚的祷告关键字"天上的""父""天国""旨意"等关键词替换成 nada。

知其存在，但他清楚一切都是 nada 然后 nada 然后 nada 然后 nada。我们 nada 的 nada，尊称的名为 nada，你的国 nada 降临，行在 nada 如在 nada。赐我们每日 nada，原谅我们的 nada，如我们原谅别人的 nada，使我免于 nada，拯救我们脱离 nada;然后是 nada。荣福 nada，nada 满满，nada 与主同在。他微笑，站在一个配有闪亮的蒸汽式咖啡机的吧台前。

"要喝什么？"酒保问。

"Nada."

"Otro loco mas."[1] 酒保说，转过身去。

"一小杯就好。"服务生说。

酒保倒了一杯给他。

"灯光很好，地方也舒适，可惜吧台擦得不够亮。"服务生说。

酒保看着他，没有回话。夜太深了，不适合交谈。

"还要 copita[2] 吗？"酒保问。

"不用了，谢谢。"服务生说，接着走出店门。他不喜

1　西班牙语。"又一个疯子。"

2　西班牙语。一小杯。

欢酒吧或酒馆。一个干净明亮的咖啡店就另当别论。现在，他不愿意想太多，他要回家，回到他的房间。他要躺上床去，在日光下入睡。毕竟啊，他告诉自己，这应该就是所谓的失眠症，很多人都有这毛病。

附录：

海明威十事

痛恨"根本不能入耳的字"

海明威曾说:"每每见到所谓神圣、光辉、牺牲等字眼,或其他无用的表达,我便觉得困窘……里头根本看不到什么神圣,理应光芒四射的(东西)也黯淡了,至于牺牲要是没办法处理,不就等于把肉给草草埋了,这和芝加哥那些绑满牲畜的围栏有何两样?有太多字根本不能入耳!"于是,海明威写作时,经常会把那些"根本不能入耳"的文字都删去,而使用简约、扼要的散文式句子。

冰山法则

"我总是依据冰山法则来写作:除了显现的一角之外,应该还有八分之七留在水面之下。任何一清二楚的地方都应该删去,只有看不见的地方才能够巩固这一座冰山。"

透过书写治疗情伤

海明威于米兰做战地救护时，曾有过一段没结果的爱情。他爱上了一名较他年长的红十字会护士阿格尼丝（Agnes von Kurowsky），两人说好了要结婚，但女方后来写了一封信给他，说她已与一名意大利籍军官订婚，令海明威尝到了失恋之苦。这样的人生体验，先被写入《一则很短的故事》，之后扩写成了小说《永别了，武器》（*A Farewell to Arms*）。

最好的朋友，最强的对手

斯科特·菲茨杰拉德（F. Scott Fitzgerald）与海明威在巴黎认识后便成为挚友，经常帮海明威看稿，并利用自己的影响力协助海明威在美国出版了第一本短篇小说集《我们的时代》[1]（*In Our Time*）。海明威与菲茨杰拉德的妻子泽尔达·菲茨杰拉德（Zelda Fitzgerald）始终处不

1　也译作《在我们的时代里》。——编辑注

来，泽尔达批评海明威想和他抢老公；海明威则批评泽尔达故意让菲茨杰拉德染上酒瘾，好让他不能写作。之后菲茨杰拉德为了筹措生活费，不得不和杂志合作，写了一些较为通俗的作品，海明威称之为"卖淫行为"，这也是重创两人友谊的关键之一。

尼克是海明威的影分身

海明威的短篇小说中，以尼克·亚当斯（Nick Adams）作为主角的作品，占了大多数。从尼克的童年一路写到了尼克的晚年。尼克在故事中的遭遇，大致与海明威的人生际遇相符合，只是掺杂了虚构的成分，隐晦了些。以尼克为主角的作品，之后统一收录在《尼克·亚当斯故事集》（*The Nick Adams Stories*）之中。本书除了前五篇是尼克的故事之外，还收录了《等了一整天》（*A Day's Wait*）。在这则故事之中，尼克已经是一位父亲，想要消除儿子对于死亡的恐惧。

海明威的恩师

1920 年，海明威与第一任妻子海莉远赴巴黎生活。不久，海明威认识了旅法的美国作家格特鲁德·斯泰因（Gertrude Stein）——这位当时许多美国人眼中的文坛偶像，不仅给予海明威写作上的指导，于生活上也有诸多帮助，甚至是海明威长子约翰的教母。她在一次沙龙聚会中，指着海明威说："你们都是迷失的一代[1]（The Lost Generation）。"之后，"迷失的一代"不仅出现在海明威第一部长篇小说《太阳依旧升起》[2]（*The Sun Also Rises*）的扉页，也成为美国文学流派之一。

乔伊斯评论海明威

海明威以《一个干净明亮的地方》（*A Clean, Well-Lighted Place*）象征失落的一代所期待的乐园，其中一段充满"空"字改写《主祷文》的意识流独白，不仅在形式上

1　也译作"迷惘的一代"。——编辑注

2　也译作《太阳照常升起》。——编辑注

点出语言本质的空无，而且揭露了西方世界系以维持的道德、哲学、宗教价值观早已随着战争而崩溃，徒留一片巨大的荒原。詹姆斯·乔伊斯（James Joyce）亦赞许海明威："他（海明威）让阻隔于文学与生命之间的面纱消失了，这是每一个作家奋力想做到的事。你读过《一个干净明亮的地方》吗？大师之作呀！真的，这可是有史以来写得最好的一篇短篇小说。"

海明威与母亲的心结

海明威的母亲曾是歌剧演员、音乐老师，对于艺术有独特的品位。由于母亲的收入高于父亲，在家中扮演强势角色，曾经把幼年时期的海明威打扮成小女孩并留影纪念。海明威长大后始终认为母亲有控制欲，这也埋下了之后母子失和的种子。海明威战后返家便与家人逐渐疏远，与母亲的关系更是陷入低谷。父亲自杀后，海明威怪罪母亲过于强势，疏于照顾父亲，才会造成惨剧发生，之后便与母亲断绝联系，甚至没有出席母亲的葬礼。

史上受重伤最多次的小说家

海明威参加过许多次战争，平日也热爱打猎、探险等运动。他曾在战场上因炸弹爆炸而受伤，身体埋进两百二十七块炸弹碎片，也曾因为在非洲历险时，经历飞机失事、严重车祸等险情，而身患各种骨折、挫伤、严重烧伤和烫伤等病痛。至于探险家旅途中总会面临的可怕感染，如痢疾、伤口发炎，甚至是眼球发炎几乎失明等，也未曾遗漏于海明威的病史。

海明威的自杀阴影

由于精神衰弱，海明威晚年的酗酒问题逐渐严重，最后终于接受了当时用以治疗重度精神疾病的"电痉挛疗法"。这项疗法亦让海明威陷入痛苦深渊，他声称自己的记忆力丧失，并且多次自杀未遂。1961年，他在爱达荷州的家中，以自己特制的猎枪射击头部自杀。由于海明威是天主教徒，其教义规定自杀有罪。为了能让这位文学大师得以用天主教丧礼下葬，法官裁定此案为枪支走火，并非自杀。精神疾病似乎潜伏在海明威的血脉中，他的许多亲人都患有抑郁症、躁郁症或妄想症；他的父亲、手足以及晚辈也纷纷因此自杀，了结生命，甚至有媒体称之为"海明威家族的诅咒"。

译后记：

让我们向着光走

编辑一本小说精选集，就像是录制一张 mixtape（混音带）。

高中的自己，喜欢使用手提 CD 音响，为心爱的朋友录制 mixtape，心里想着："第一首要放什么歌？是不是应该有序曲？哪个地方应该要有转折的感觉？要怎么接快歌？"

更重要的问题则是：要挑什么歌？顺序又该怎么排？

收录哪些作品？

这是一本介绍海明威作品的精选集，除了必须收录经典作品（主打歌）之外，势必也需要一些能够反应创作者不同面相的小品（B 面歌曲），透过适当的排列，让新读者建立对海明威作品的印象，也唤醒旧读者的印象。

正式编译海明威短篇杰作选《一个干净明亮的地方》之前，我参考海明威《首辑四十九篇故事》的序文，先收入海明威个人最钟爱的短篇小说，包括《一个干净明亮的地方》《弗朗西斯·麦康伯幸福而短暂的一生》《在异乡》《白象似的群山》《世界的光》，作为本书的骨干。

至于序列，则呈现一个人经历的小孩子、青少年、结婚、生子、丧偶、衰老的成长阶段。为此，我再选入《印第安人的营地》《医生夫妇》《三声枪响》《杀手们》《一则很短的故事》《雨中的猫》《艾略特夫妇》《等了一整天》等作品。开场先安排连续五篇以尼克为主角的故事，强化序列的结构，接着，仿佛玩RPG（角色扮演）游戏的分支路线，男主角有了不同的际遇：女友意外怀孕、上战场、被抛弃、结婚（不）快乐、丧偶等。无论如何，每一个故事的主角终将向着光走……

向着光走？

确定要做这一本书的当下，我便决定以《一个干净明亮的地方》作为书名，并将之安置在本书的最末一篇，让每一次往后翻页的动作，变成"向着光走"的隐喻。

一个干净明亮的地方

希望读者真能随着海明威的故事，抵达一个干净明亮的地方。

关于翻译策略

海明威的语句，多数十分精简，也因为句子短又多，所以主词（人名、代名词）容易重复，读者阅读时，势必得在句子之间稍做停顿。幸而他坚持不用深奥、抽象的字词，再加上他精于使用 and、then 等字词，让独句得以产生在时间线前后延伸的感觉，这些停顿也因此变成值得玩味的地方，完全符合冰山理论的要求。翻译短句时，我倾向于维持原文的断句，除非必要不用逗点。

然而，海明威也有长得十分吓人的句子，例如《弗朗西斯·麦康伯幸福而短暂的一生》中，一段描述麦康伯出发狩猎的过程，一个句子便超过七十个词。在这种状况之下，便透过逗点及拉长句子的方式，来维持原文让人喘不过气来的感觉。

海明威本身也是一名旅行家，作品中经常夹杂如意大利语、西班牙语等外国语言，这也让每一篇具有异国设定的作品更加真实。翻译时，我也采取相同策略，将外国语列人中文语句中，页下搭配注释以应读者需求。

比较特殊的一点，便是动物的代名词，尤其是《弗朗西斯·麦康伯幸福而短暂的一生》中，海明威对于被猎的狮子与野牛都使用英文的 he 取代 it，此外，甚至在某些段落以狮子的视角观看主人翁，仿佛是两位准备猎杀对方的人。这也反映了海明威身为猎人的价值观。因此翻译本书时，面对动物，我也按照海明威的选择来决定用"他"或"它"。

翻译过程中，经常遭遇难题，感谢枚绿金老师提供建议，挚友陈婉容、郭正伟提供校订、润饰、语气修改等协助，让这本书变成了现在的模样，容我在此致上谢意。翻译是一门大学问，新手上路还需多加磨炼，烦请不吝指正，谢谢。

译者／编者　陈夏民

图书在版编目（CIP）数据

一个干净明亮的地方 /（美）欧内斯特·海明威著；陈夏民译 . -- 长沙：湖南文艺出版社，2022.7

ISBN 978-7-5726-0704-2

Ⅰ . ①一… Ⅱ . ①欧… ②陈… Ⅲ . ①短篇小说—小说集—美国—现代 Ⅳ . ① I712.45

中国版本图书馆 CIP 数据核字（2022）第 090785 号

上架建议：经典文学·小说

YI GE GANJING MINGLIANG DE DIFANG

一个干净明亮的地方

著　　者	［美］欧内斯特·海明威	
译　　者	陈夏民	
出 版 人	曾赛丰	
责任编辑	吕苗莉	
监　　制	张微微	
策划编辑	李　乐	
特约编辑	任佳怡	
文案支持	陈夏民	
版权支持	王媛媛	
	姚珊珊	
营销编辑	胖　丁	
装帧设计	苗　倩	
出　　版	湖南文艺出版社	
	（长沙市雨花区东二环一段 508 号　邮编：410014）	
网　　址	www.hnwy.net	
印　　刷	北京中科印刷有限公司	
经　　销	新华书店	
开　　本	815mm×1120mm　1/32	
字　　数	91 千字	
印　　张	7	
版　　次	2022 年 7 月第 1 版	
印　　次	2022 年 7 月第 1 次印刷	
书　　号	ISBN 978-7-5726-0704-2	
定　　价	48.00 元	

若有质量问题，请致电质监督电话：010-59096394

团购电话：010-59320018